10632272

LA GRANDE VISITE

DE LA MÊME AUTEURE
AUX ÉDITIONS TROIS-PISTOLES

Le fou d'la Pointe, roman,
Éditions Trois-Pistoles, 2012

Claire Vigneau

La grande visite

ÉDITIONS TROIS-PISTOLES

Éditions Trois-Pistoles
31, Route Nationale Est
Trois-Pistoles (Québec)
G0L 4K0
Téléphone : 418-851-8888
Télécopieur : 418-851-8888
C. électr. : vlb2000@bellnet.ca

Saisie : Claire Vigneau
Mise en pages : Plume-Art
Couverture : Anne Vaugeois et Claire Vigneau
Révision : Victor-Lévy Beaulieu et André Morin

Les Éditions Trois-Pistoles bénéficient des programmes d'aide à
la publication du Conseil des Arts du Canada, du ministère du
Patrimoine (PADIÉ), de la Société de développement des entreprises
culturelles du Québec (SODEC) et du programme de crédit d'impôt
pour l'édition de livres du gouvernement du Québec (gestion Sodec).

En Europe (comptoir de ventes)
Librairie du Québec
30, rue Gay-Lussac
75 005 Paris France
Téléphone : 43 54 49 02
Télécopieur : 43 54 39 15

Distribution Québec et Canada français
Prologue
1650, boul. Lionel Bertrand
Boisbriand
JH7 1N7
1 450 434 0306

L'auteure a bénéficié d'une résidence d'écriture au Monastère de Saorge
en Alpes-Maritimes, Centre des Monuments Nationaux de France, pour
la réalisation de cet ouvrage.

L'auteure remercie le Conseil des Arts du Canada pour l'octroi d'une
subvention de voyage lui ayant permis de se rendre à Saorge, ainsi que
de séjourner à Marseille, au printemps 2013.

Il y a quelques années, André à Arsène, celui que l'on surnomme par chez nous « le fou d'la Pointe », m'a demandé de lui lire des lettres jaunies retrouvées au fond d'une malle. Ces lettres, vieilles de quarante ans, avaient été écrites par sa grande sœur Julie à leur mère aujourd'hui décédée. André a ainsi découvert la vie de Julie et la raison pour laquelle elle avait quitté les Iles-de-la-Madeleine pour ne jamais y revenir. Ces lettres ont aussi fait naître une amitié entre André et moi, et une correspondance qui se perpétue toujours. Je lui fais parvenir des pièces de musique sur cassettes et lui me parle de la vie du canton et de bien d'autres choses.

Dans sa dernière lettre, Julie nous apprenait qu'elle partait pour la France. Elle désirait couper les ponts avec sa famille et les Îles après une tragédie qui a marqué sa vie. Pour nous, l'histoire de Julie s'était arrêtée là, en septembre 1968.

Le destin, par contre, a fait en sorte que je me retrouve sur les traces de Julie. Je suis maintenant en mesure de raconter la suite de son histoire et, par la même occasion, celle d'André à Arsène dont la vie sera chamboulée une fois encore. J'ai rapporté les dires d'André le plus fidèlement possible. Malgré tout, j'ai dû « traduire » un peu son langage pour le rendre plus accessible. *Les conversations ont cependant été conservées inchangées et elles respectent la réalité des insulaires.*

Si vous n'avez pas lu la première transcription des dires d'André dans Le fou d'la Pointe, *vous seriez peut-être tenté de vous arrêter ici. Pourtant, la vie est si belle quand elle est un peu folle et ne suit pas une ligne bien droite! Alors, pourquoi ne pas faire votre propre cinéma et lire* Le fou d'la Pointe *plus tard? Comme souvent au grand écran, pourquoi ne pas commencer par la fin, puis découvrir, par un retour en arrière, la genèse de l'histoire d'André à Arsène?*

La Jeune, été 2013

DES NOUVELLES
DE JULIE

L es grosses chaleurs de juillet sont là. Et à ce temps-ci de l'année, il y a des spectacles quasiment tous les soirs sur La Grave [1]. À chaque fois, je me dis que je vais peut-être y revoir la Jorane. Depuis le soir où je l'ai entendue, j'ai écouté bien des musiciens... Mais la musique de la Jorane, elle peut pas s'y comparer. C'est un langage qui ressemble à rien d'autre. Comme si en se servant du violoncelle, la mer se mettait en tête de te conter une histoire. Pis la voix de la Jorane, c'est le vent qui raconte lui itou. Pour sûr, la mer et le vent, y font souvent partie des mêmes histoires. Et moi, même si de coutume je saisis jamais grand-chose aux chansons pis aux contes, ces histoires-là, je les comprends. J'ai pas à être connaissant. On dirait que cette musique-là, elle a pas besoin de ma tête pour entrer dans moi.

Je suis certain que ça va finir par arriver encore, que je vais entendre la Jorane en vrai. J'attends, je suis pas pressé. Pis en attendant, je suis quand même bien content d'écouter les autres musiques.

---

1. Grave : grève. Bord de mer composé de galets. La Grave est le nom donné à un site de pêche reconstitué intégralement sur la pointe de Havre-Aubert, auquel s'est ajouté un ensemble de commerces (cafés, bars, boîte à chansons...) respectant l'architecture traditionnelle acadienne d'époque.

La Jeune vient d'arriver sur les Îles. Même averti de la date de ses vacances, j'ai été surpris de la voir en vrai, face à moi. Elle sortait de la boulangerie comme j'entrais, et on s'est salués comme des vieilles connaissances... à croire qu'on se croise tous les jours. Faut dire, je suis pas bien vite de coutume et si c'est possible, je le suis encore moins quand y faudrait que je le sois. Je suis pas le fou d'la Pointe pour rien. Pareil, j'ai pas à me tracasser. La Jeune, sur sa cassette, elle a dit qu'elle viendrait faire son tour à la maison. Elle est pas venue sur les Îles depuis un bon trois ans, mais elle m'envoie de la musique de temps en temps. Elle met ça sur une cassette, pis si elle a quelque chose à me dire, elle s'enregistre itou. Vu que lire, je le sais pas, c'est bien pratique de même. Moi de mon bord, je la tiens informée des nouvelles du canton. Pis pour dire vrai, de pas mal tout ce qui me passe par la tête. Ça a commencé quand elle me lisait les lettres de ma sœur Julie... Julie, elle est partie des Îles v'là 47 ans et je l'ai pratiquement pas connue, j'avais juste sept ans à son départ. J'en ai appris gros sur elle par ces lettres-là, qu'elle avait écrites à maman. Les lettres ont chamboulé pas mal d'affaires à ma vie d'avant. Pour le mieux, je crois bien. Par après, une fois l'accoutumance prise avec la Jeune, on a continué. Elle à m'envoyer des cassettes pleines de musiques, pis moi à y retourner d'autres cassettes remplies de parlures.

Depuis une escousse [2], le temps est au beau. Et la belle température rend le monde de bonne humeur. J'ai pas de misère à vendre mon poisson. Dans des chaleurs de même, beaucoup trouvent plus pratique de cuire

_____

2. Une escousse : un laps de temps.

leur maquereau rond dehors, sans besoin de réchauffer les maisons. Pareil, c'est loin d'être un temps à mon goût... Dans mon doré[3], au milieu de la baie, le soleil tape trop fort.

Pour sûr, les chaleurs de juillet ont des avantages rapport à la musique du Vieux Treuil et à celle qui sort du Café de La Grave bien souvent. C'est rendu que je fais comme les petits vieux, je pique un somme en plein cœur de l'après-midi. Y faut bien... je suis debout à la pointe du jour pour la pêche, pis des fois, je suis pas revenu de La Grave avant une heure ou deux du matin. À dire vrai, j'y prends goût, à mon somme. Je dors dans le plus chaud du jour et je me lève ragaillardi, fin prêt pour la musique.

En fin de semaine prochaine, il va y avoir un grand spécial rapport à Pierre à Charles. Pierre à Charles, c'est un ami, un des rares que j'ai, et il va faire un show. Il m'a donné un billet et je vais devoir l'écouter assis en dedans, au Vieux Treuil. J'aurais mieux aimé l'écouter du dehors, accoté sur le mur d'en arrière, face au large, comme à mon habitude. Mais Pierre à Charles, il voulait pas en entendre parler et moi, je veux pas lui faire de peine. Par exemple, la chose me fait peur un brin... Être assis collé à une gang de monde, sans pouvoir bouger de là ni quasiment respirer... D'un autre côté, comme il va conter des histoires en jouant de son violon, du dehors, j'en aurais manqué des grands bouts. Ce qui donne que pour cette soirée-là, j'ai hâte pis j'ai pas hâte. Anyway, on verra bien, ça donne rien de se faire du mouron à l'avance.

---

3. Doré : déformation de « doris », embarcation développée à Terre-Neuve pour la pêche à la morue.

La pleine lune

À matin, la lumière me semblait plus belle que de coutume. Et en sortant, j'en ai compris la raison. Il y avait la lune d'un bord et le soleil de l'autre. Et la lune était pleine. C'était étrange à voir, ces deux boules-là dans le ciel en même temps. En arrivant à la baie, une autre affaire bizarre m'attendait. Louis à Edmond y était assis. Ras au bord de l'eau. J'étais surpris de voir quelqu'un installé là à la pointe du jour, et je l'étais doublement d'y trouver Louis à Edmond. Je l'avais jamais vu debout de bonne heure de même. En me rapprochant, et en voyant la bière vide à côté de lui, j'ai compris mon erreur. Louis, il s'était pas levé aux aurores, il s'était pas encore couché !

– Salut, André… j't'attendais. J'voulais te d'mander d'apporter du maqu'reau chez nous en r'venant d'pêche. Maman veut en faire rôtir pour dîner… ma sœur la Jeune va être là.

– Tabarouette, Louis, tu veilles tard pour me d'mander du poisson !

Là, il s'est mis à rire pis y m'a expliqué qu'avec la lune pleine, il réussit jamais à dormir. Et comme la nuit était chaude, il l'avait passée dehors, le dernier bout ici à m'attendre, tout en regardant le spectacle du soleil qui se lève et de la lune encore là.

Une belle matinée pour la pêche. Frais pas mal tout le long. Les nuits de pleine lune, le ciel est dégagé, bien souvent, pis l'air est plus long à se réchauffer par après. Il y a seulement sur le retour où le soleil tape plus fort. Ça promet une belle journée pour la plage, pour le monde qui aime à s'y trouver.

Je me suis rendu chez Edmond porter mon maquereau. Et j'étais content, Louis m'avait préparé une chaudière[4] pleine de patates avant d'aller se coucher. J'ai dîné de maquereaux rôtis et de petites patates nouvelles. Après, je me suis assis derrière la maison, à l'abri du soleil, pour fumer une cigarette. Faut croire que je m'y suis endormi... En me réveillant, l'air était comme changé, et j'ai su que j'avais eu de la visite. Probable que j'avais entendu du bruit en dormant pis que la chose me revenait en mémoire juste là, à mon réveil. Je suis allé voir au devant de la maison, et un bout de papier dépassait de ma boîte à lettres. Dessus, il y avait le dessin d'une cassette. La Jeune devait être passée pour me voir. Elle avait fait une lune pis un soleil itou, pour dire qu'elle reviendrait demain, dimanche. J'étais déçu de l'avoir manquée. Demain, je vais l'attendre, et je la manquerai pas pour sûr. En tout cas, je vais être en forme pour le show de Pierre à Charles à soir.

Comme à mon habitude, je suis arrivé de bonne heure à La Grave. De coutume, je me promène un brin sur le bord de l'eau pis après j'attends, accoté au mur de planches en regardant la mer au devant de moi. Là, comme j'avais une place en dedans, je savais pas trop quoi faire de mon corps, pis je voulais pas entrer trop de bonne heure. J'avais déjà peur en pensant d'y rester durant tout le show, j'aurais été fou d'en rajouter. D'un autre bord, je voulais être certain d'avoir une bonne place. Pis j'étais énervé pour Pierre à Charles et j'aurais aimé à le voir. Je traînais autour de la porte, nerveux en diable. Et là, j'ai vu Louis à Edmond qui s'en venait voir le show. Toute

---

4. Chaudière : seau.

une surprise. J'aurais jamais cru la chose possible. J'étais content en pas pour rire, par exemple. Je l'ai vu comme ma planche de salut et je peux dire sans me tromper que la chose avait l'air tout pareil de son bord. On est entrés ensemble et on s'est installés le long de l'allée pour pouvoir respirer à l'aise, et sur le devant pour bien voir.

– J'm'attendais pas pantoute à t'voir ici à soir, t'as rien dit à matin ! Mais j'suis content en diable, que je lui ai dit.

– À matin, j'sais pas... j'devais juste penser à aller me coucher. C'é pas dans mes habitudes de v'nir voir des shows, mais Pierre à Charles, c'é son premier tout fin seul, pis j'savais que t'allais être là itou.

– J'suis nerveux de me r'trouver entouré de monde dans un endroit fermé d'même. On voit en seulement pas au dehors ! Si jamais tu t'aperçois que j'commence à filer mal, tu vas m'aider à sortir d'ici, hein ?

– Oué, inquiète-toi pas, j'suis sûr que ça va bien aller. T'as le corridor au ras toi, ça t'fait d'l'air. Reste concentré sur le d'vant, inquiète-toi pas du monde. R'garde, y sont en train d'y installer son violon...

J'ai fait comme il disait. J'ai juste regardé devant moi et tout s'est bien passé. Le truc à Louis, il a bien fonctionné. J'étais tellement concentré sur le devant, à écouter Pierre à Charles, que j'en ai perdu la connaissance d'où j'étais. C'est juste à la fin, quand le monde s'est mis à applaudir, que là, je suis revenu dans la salle. Et j'avais hâte d'en sortir ! Louis, il parlait comme une pie. Je comprenais que c'était pour pas que je m'énerve, vu que c'est loin d'être un grand parleur de coutume, et j'ai embarqué dans son jeu. On est restés assis tout le long, et c'est seulement une fois la salle vide qu'on est sortis. Pierre à

Charles est arrivé dehors quasiment en même temps, et il s'est retrouvé entouré de monde aussi vite. Il nous a fait un signe mais on n'est pas allés le trouver. On aurait tout notre temps dans les prochains jours pour parler avec lui. Louis m'a demandé si la chose me disait de marcher un brin sur le bord de l'eau, à l'écart du monde, et c'est ce qu'on a fait.

| En marchant sur La Grave

J'ai aimé à m'éloigner pour retrouver du calme. C'est drôle pareil comme la chose se fait vite... Une minute, t'es pris dans le désordre du monde, pis une couple de pas plus loin, tout le bruit s'arrête. Plus aucun son. La chose dure pas, par exemple... après, la mer prend la place. Ici sur la grève, comme c'est des galets, que la mer soit calme ou déchaînée, les vagues font toujours un peu de vacarme. Un drôle de vacarme. Une sorte de musique on dirait, avec tout le temps les mêmes notes. D'un autre côté, d'une vague à l'autre, c'est jamais tout à fait pareil. Des fois, j'aimerais pouvoir rester dans ce vide-là, entre la mer et le bruit du monde. L'endroit où il y a plus rien. Mais si t'essaies, tu peux pas réussir. T'entends ou bien le monde, ou bien la mer. Ou un mélange des deux. Comme si tes oreilles s'habituaient trop vite, comme si la chose fonctionnait juste en passant, sans qu'on y porte attention.

J'étais en train de jongler à ces affaires-là quand Louis a parlé.

– J'voudrais t'parler de quèq'chose, André. Ça fait un boute que ça m'travaille... Que j'me d'mande si j'te l'dis ou bien donc si je l'garde pour moi. Hier, j'en ai parlé à la Jeune, pis ça m'a décidé.

– J't'écoute, Louis, tu m'fais quasiment peur, mais j't'écoute.

– C'que j'vais t'dire, c'é rapport à ta sœur, rapport à Julie. C'é fou, y'a un mautadit grand boute que tout ça s'est passé pis pour moi, c'é toujours pas facile d'en parler.

Là, il s'est mis à jongler et je me demandais s'il allait reprendre son histoire durant la nuit ou bien s'il allait falloir attendre à demain. D'une manière ou d'une autre, que je lui ai dit, pour lui, parler, ça semblait jamais facile. Il a ri, pis il a commencé : « Julie, c'était ma grande amie. Plus qu'une sœur, peut-être comme une jumelle on pourrait dire. On était tout l'temps ensemble. On pouvait toute se dire ou bien donc, on pouvait rien dire en toute et se comprendre pareil. Quand elle est partie, un grand vide s'est fait. Pour dire, j'm'en suis jamais remis vraiment. J'avais été témoin de quèq'chose... Julie, elle a pas été capable de vivre avec la mémoire de c'qui s'était passé. Elle est partie... J'pense que j'étais comme un reproche pour elle. Elle voulait tout oublier, et moi avec le reste... »

Encore là, Louis s'est arrêté pour jongler. Je voulais rien dire. Même, j'espérais qu'il m'oublie le plus possible, pour lui rendre les choses plus faciles. J'ai tout mon temps, moi, je peux attendre. Je savais que Louis, il avait été le meilleur ami de ma sœur Julie. Qu'ils avaient le même âge et qu'ils étaient dans la même classe, à l'école. Jusqu'au départ de Julie en '66. Il semblait parti loin dans ses pensées. Doucement il en est sorti et il a repris à conter.

– Pis v'là ti pas que quinze à vingt ans après son dé-part, j'ai reçu une lettre. Une longue lettre. Une lettre où Julie m'racontait c'qui s'était passé durant tout c'temps-là. Elle m'écrivait rapport à son cancer, elle en avait pas pour longtemps...

– Julie est morte ? Tabarouette, Louis, on peut pas dire que tu mets des gants blancs pour m'annoncer la mort de ma grande sœur ! » Louis m'a regardé avec des yeux ronds pendant une escousse avant de se ressaisir, pis de rouvrir la bouche.

– Mautadit, j'm'excuse, André. J'étais certain que t'étais au courant.

– Pis comment c'é faire que j'aurais été au courant ? Moi, j'espérais toujours r'cevoir de ses nouvelles. J'avais même imaginé qu'elle avait des enfants, pis qu'y vien-draient en visite aux Îles à un moment donné.

– Ça fait tellement longtemps que j'le sais, pour la mort de Julie, j'avais pas pensé que tu saurais pas. Julie est morte en '84, elle avait juste 36 ans. J'm'excuse, j'suis vraiment un imbécile ! Mais j'peux te dire tout d'suite que Julie, elle a eu une fille, c'qui fait qu'au moins, y t'reste encore de la famille.

On a été un grand bout sans parler. Lui, trop mal à l'aise après sa gaffe, pis moi, perdu dans mes pensées. À jongler à la mort de Julie, pis au fait qu'elle avait eu une fille itou. Rendus au bout de la grève, on avait toujours pas repris à parler. Et il fallait soit tourner de bord, soit re-monter sur le chemin. Je lui ai dit de continuer, que j'étais prêt. Pis on a tourné au cap, pour marcher face à l'est.

– C'était une lettre à un vieil ami avant de mourir pour que j'sache son histoire. Pour pas laisser juste un grand vide en arrière d'elle. Une façon de m'demander pardon itou en m'faisant plaisir une dernière fois... J'aimais tellement à l'entendre conter quand on était jeunes... (...) Elle me d'mandait d'aller chez vous avec la lettre, et de la lire à ton père. Du fait de plus avoir de nouvelles des Îles, elle en avait compris la mort de ta mère. Pis pour sûr, c'était vrai, ta mère était morte depuis une bonne escousse. Mais ton père, un drôle d'adon pareil, y'était mort juste l'année d'avant. À toi, elle me d'mandait pas de lire la lettre, au contraire. Elle voulait pas que j'te parle d'elle. Elle était certaine que tu l'avais oubliée, pis c'é c'qu'a voulait, que tu l'oublies... Julie, a t'croyait fou. Pour elle, t'étais resté tout pareil au p'tit gars du temps de l'école, que les autres enfants avaient martyrisé. C'était trop épouvantable c'qu'y t'était arrivé, pis elle pouvait pas croire que t'aies réussi à en r'venir. C'é triste à penser...

(...) C'é surtout rapport à toi qu'a l'écrivait, j'pense. Pour me d'mander de faire attention à toi quand tes parents s'raient plus là... Pour sûr, t'étais capable de faire attention à toi tout seul. En seulement, moi, j'arrivais pas à te raconter Julie, même si j'trouvais que tu devais savoir. J'osais pas... J'te d'mande pardon, André, j'ai été lâche. C'était plus facile de m'dire que j'respectais les dernières volontés de Julie...

– T'as pas à t'excuser, Louis. J'le sais pourquoi t'as rien dit. T'avais peur de devoir m'expliquer pourquoi Julie était partie. Mais j'suis au courant asteure... Julie, elle a tout conté dans sa dernière lettre à maman. Pareil, j'comprends pas pourquoi c'é maintenant que tu m'en parles. Y doit bien s'être passé quèq'chose ? T'as rien dit après la lettre. J'sais pas depuis combien d'temps que t'as reçu c'te lettre-là ? Pis là, tout d'un coup, tu t'décides !

– Si je calcule comme y faut, j'pense bien que je l'ai reçue v'là 28 ans. Pis c'é vrai, y s'est passé quèq'chose. C'é à cause de la Jeune. À matin, elle était mal prise, elle allait à la plage en bicik pis elle avait apporté les lettres de Julie pour te les r'mettre... Elle m'a d'mandé de garder le paquet jusqu'à d'main. Moi, j'suis pas du genre à écornifler, j'me mêle de mes affaires, de coutume, mais là, ça me chicotait depuis trop longtemps. Si tu trouves que j'parle pas gros, c'é rien comparé à la Jeune ! Chez nous, a dit jamais un mot, pis a parle encore moins au monde du canton. Pis là, a s'mêle de t'envoyer d'la musique d'en dehors, pis un paquet asteure. La chose se tenait pas. J'lui ai demandé de m'dire c'qui s'tramait. Y faut pas que tu y'en veuilles si a m'a dit pour les lettres de Julie. Elle sait comment Julie était importante pour moi. Pis j'suis certain que y'a juste moi qu'é au courant.

– Mais non, Louis, tu t'trompes, y'a pas juste toi qu'é au courant. Pierre à Charles est au courant itou. Pis toi, j't'en aurais parlé depuis une bonne escousse, c'é certain. Mais t'avais l'air de pas vouloir en entendre parler, de ma sœur. J'osais pas, c'é toute. J'haïs ça, moi, faire des cachettes pour rien. Y'a déjà assez de devoir se cacher des commères du canton, me semble qu'avec les amis proches, y'a pas besoin de s'cacher encore.

– T'as raison, mais comme j'viens de te l'dire, j'me trouvais mal pris dans c't'histoire-là. J'me sentais coupable de rien t'conter rapport à Julie. Pis j'm'étais dit que le meilleur moyen de pas m'faire prendre dans des menteries, c'était de jamais en parler, de Julie... Asteure, les choses sont plus les mêmes en toute, et si tu veux, j'aimerais à te la lire, la lettre de Julie.

– Pour sûr, j'veux l'entendre, c'te lettre-là. Y'a rien qui presse par exemple. Aujourd'hui, y s'est passé plus de choses qui s'en passe d'habitude dans une année. J'veux prendre un break de nouvelles affaires. D'autant que demain, y'a encore du nouveau. Ta sœur va v'nir pour me ram'ner les lettres de Julie. Si tu veux, j'vais t'les passer, pis tu pourras les lire.

– Oh, certain ! Depuis l'temps... Pour sûr, j'aimerais à les lire, ces lettres-là.

Louis était chamboulé. J'ai fait cas de rien. Pis c'est rare que ça m'arrive, mais là, je me sentais fatigué. On n'a plus rien dit de la nuit. Sans se reparler, on a quitté la grève pour le chemin d'en bas, et on est revenus à pied, chacun enfoncé dans ses jongleries.

| La visite de la Jeune

L a nuit a été courte... Même si le dimanche je vais pas en pêche, quand t'es habitué de te lever toujours à la même heure, tu te réveilles comme de coutume, que t'en aies le besoin ou pas. Faut dire, dans ma maison, j'ai pas de rideaux, et le soleil entre comme il veut. Le matin, ma chambre étant alignée à l'est, le soleil se gêne pas. De toute manière, si ça avait pas été le soleil, le vent m'aurait fait lever. On aurait dit un bateau sur l'eau par gros temps. Ce vent-là annonce du changement. Ceux qui font de la voile vont être contents. Ceux sur les plages, un brin moins.

Je me suis promené sur le bord de l'eau. J'aime à m'y trouver par gros vents. Et je voulais me garder la tête occupée rapport à la visite de la Jeune. La chose me chicottait un brin. À part Pierre à Charles, et des fois Louis à Edmond, je reçois pas de visite. Pour sûr, il arrive qu'un voisin ou un touriste s'arrête sur le pas de ma porte, mais je l'invite pas à entrer pour autant. Chez nous, c'est ma cachette. Juste pour moi, et pour les amis proches. J'en ai juste deux, des amis proches, je viens de les nommer. Je veux pas d'une maison ouverte à tous vents où je me sentirais plus chez nous. Mais je sais pas trop pourquoi je raconte ça, pour la Jeune, c'est pas pareil en toute. La Jeune, je me sens proche d'elle comme de personne d'autre. Pis d'un autre côté, c'est comme une étrangère comparé à n'importe qui du canton. Pour dire vrai, je la connais pas en toute. Et je sais pas comment m'y prendre pour la recevoir. J'ai peur d'avoir encore l'air fou.

J'ai marché en me forçant à penser à autre chose. Pour sûr, ma sœur Julie aurait dû occuper mes pensées. Mais une fois le choc d'avoir appris pour sa mort, on aurait dit que j'arrivais pas à y croire vraiment. C'est bizarre pareil... ma sœur a été morte pour moi pendant une quarantaine d'années avant que les lettres me la ramènent en vie. Pis là, elle vient de mourir pour de bon par les dires de Louis à Edmond. C'est quand même pas si facile à réaliser. Pour moi, elle vit juste depuis trois ans, pis en réel, elle est morte il y a 28 ans. C'est mêlant en diable ! Comme de coutume, je vais devoir laisser le temps faire son travail pour arriver à m'y retrouver dans tout ça.

J'ai jonglé au spectacle d'hier. Pierre à Charles, il donne pas sa place pour jouer du violon et pour conter des histoires. En seulement, je l'ai trouvé moins naturel qu'assis chez nous à conter. Faut dire, c'était sa première fois, lui tout fin seul à donner le spectacle. J'en suis certain, il va se pratiquer, et pour sûr, il va devenir aussi bon que le jeune avec des petites lunettes rondes dont tout le monde parle. Même moi, j'en ai entendu parler, c'est dire ! J'ai jonglé à Louis à Edmond itou. Et plus j'y jongle, plus je suis content. Louis va pouvoir lire les lettres, et ces lettres-là, certain qu'elles vont lui faire du bien.

L'avant-midi a passé. De retour à la maison, j'ai mis du Mozart et quand la Jeune est arrivée, je l'attendais plus. En écoutant mon Mozart, faut dire, je pense à rien ni à personne. Y'a juste mon corps qui reste assis sur la chaise, ma tête elle, je serais bien en peine de dire où elle s'en va. La Jeune a frappé à la porte, et tout de suite en entrant, elle s'est mise à rire...

– C'est vraiment drôle d'entendre jouer Mozart ici. Un peu surprenant pour la Pointe... et en plus, dans la maison du fou du canton... Une moyenne attaque contre les préjugés, en tout cas.

(...) Oh, crains pas, André, j'te traite pas de fou. Je l'sais depuis longtemps que tu laisses le monde croire ce qu'ils veulent. Tu fais bien, d'ailleurs... comme ça, t'as la paix.

Son arrivée m'a surpris. Elle qui dit jamais un mot de coutume et là, sans même un bonjour, elle se met à jacasser en entrant. J'en suis resté figé.

– Excuse-moi, André, je dois te paraître bien énervée. La chose me gêne de venir chez vous. Et quand je suis gênée, je parle toujours trop.

(...) J'ai envie de voir ta maison depuis longtemps. Je me doutais que t'aurais pas peinturé et enlaidi... en voulant rendre ça moderne. C'est beau. J'aime les vieilles planches, le poêle à bois, les vieux châssis [5] aussi. Tournés vers la mer au lieu de regarder le chemin, comme chez plusieurs. Oui, t'as une vraie belle place. Et je te trouve chanceux d'avoir ta place juste à toi où tu peux être seul.

– En marchant sur les dunes, y'a toujours moyen d'avoir la paix itou.

– C'est certain, pis crains pas, j'le fais, je marche. Mais j'aimerais des fois pouvoir m'asseoir chez nous tranquille, sans parler à personne. Juste être là. Comme quand j'étais p'tite. Tu t'rappelles? J'étais une vraie p'tite sauvage.

– Moi, j'te trouve tout pareille à avant. » On s'est mis à rire quand j'ai dit ça. Et là, la Jeune m'a demandé si elle pouvait entrer rapport qu'elle était encore sur le pas de la porte. Comme de raison, elle s'est installée dans la chaise qui donne direct sur la baie. L'été, c'est la meilleure place de la maison. La Jeune, c'est le genre à voir tout de suite ces affaires-là. Je lui ai demandé si elle voulait un café et en voyant ma machine, elle est encore partie à rire.

– C'est incroyable, André. T'écoutes du Mozart et tu m'offres un café espresso ! Wow, j'ai l'impression d'être à Montréal, dans un petit café chic.

– J'ai pas grand mérite... Mozart, c'é à cause de Pierre à Charles et de ton frère Louis, pis le café, c'é encore Pierre à Charles, c'é sa machine. Comme y passe des grands bouts ici à écouter d'la musique, surtout en hiver, y voulait avoir du café à son goût. Pis j'ai un arrangement avec le Café d'La Grave, y m'fournissent en café,

_____

5. Châssis désigne une fenêtre aux Îles-de-la-Madeleine.

pis moi, j'leur apporte du maqu'reau. De même, tout l'monde est content.

– Moi aussi, j'suis contente, je vais boire un bon café. En tout cas, t'as le mérite de mettre tes amis à l'aise. Chez un autre, Pierre aurait peut-être eu peur de passer pour snob et de faire rire de lui avec son café espresso.

– Pour sûr... d'un autre côté, y'aurait du monde pour te dire qu'un fou, c'é pas gênant non plus.

– Non, je l'sais bien, Pierre à Charles pense pas que j'suis fou, ou bien donc, si y m'trouve fou, y pense pareil pour lui.

Je pourrais faire le clown longtemps pour l'entendre rire. Elle a un rire... ça vous rend de bonne humeur, pis ça vous fait rire itou. Mais là, fallait m'arrêter de faire le fou pour m'occuper de mon café. Moi, je peux pas jaser et faire le café du même coup. Une chose à la fois, c'est déjà bien assez.

Quand j'ai relevé la tête, la Jeune avait l'air partie pas mal loin dans les nuages. J'ai pas voulu la déranger. Et je suis resté planté à côté de la machine à attendre que le café monte. J'ai regardé au dehors et je suis parti moi itou. Le bruit des bulles m'a sorti de mes jongleries. Le bruit, ou peut-être l'odeur, a ramené la Jeune dans la maison aussi. J'ai sorti ma plus belle tasse et je lui ai servi son café. Elle m'a fait un sourire en le prenant et on est restés encore un bout sans parler. On regardait juste dehors en buvant nos cafés. Elle assise, et moi debout derrière elle. Je trouvais bizarre de plus être gêné ni rien. Comme si on se connaissait depuis toujours. Pour dire vrai, je la connais depuis qu'elle est petite fille, mais en seulement, on s'est jamais vraiment parlé. Je pensais pas la chose possible de pouvoir être à l'aise aussi vite. Comme si juste de venir de la même place, d'avoir connu le même monde, d'avoir passé par les mêmes paysages, nous rapprochait sans besoin de paroles. C'est elle qui a repris à parler la première en sortant un paquet de son sac.

– Je t'ai ramené les lettres. Je te dois la vérité... hier, j'ai fais exprès pour que Louis me pose des questions. Pour être en mesure de lui dire pour les lettres. Tu me comprends ?

– Oué. T'as bien fait. J'm'en doutais que t'avais fait exprès.

Encore, on s'est arrêtés de parler. Je savais pas si elle était au courant pour la mort de Julie, mais j'avais pas envie d'en parler pour tout de suite. J'y ai resservi du café, j'en ai repris moi itou, et on est repartis pour un autre grand bout à jongler[6]. Finalement, la Jeune s'est levée. Elle m'a remercié pour le café et elle m'a dit qu'elle repasserait une autre fois. J'ai répondu qu'elle avait beau, elle était la bienvenue dans ma maison tant qu'a voudrait. Et je le pensais vraiment. Je m'étais inquiété pour rien. Elle s'en allait, et c'était comme si Edmond était venu faire son tour. C'est pas la première fois où la Jeune me fait penser à son père. Avec ces deux-là, le temps semble plus avoir la même valeur. J'avais pas repensé à Edmond depuis une bonne escousse. Pourtant, j'aime à y penser... Je le revois toujours en train de rire et la chose me fait sourire à tout coup. La Jeune et Edmond, ils rient de la même manière. Pour Edmond, je devrais le dire au passé, c'est sûr. Je me demande comment les choses se passent

---

6. Jongler est utilisé dans le sens de partir dans les nuages, partir dans les songes ou de réfléchir longtemps à quelque chose.

pour lui en haut ? Comment les anges trouvent le petit gin et le sucre à la crème ? Moi, j'ai jamais trouvé le mélange bien fameux, mais des fois, avec Edmond, c'était difficile à refuser.

Je suis sorti pas long après la Jeune. Je savais pas trop où aller, je voulais juste prendre l'air. Mes pas m'ont mené à La Grave. Je devrais peut-être dire mes oreilles... Des fois, le dimanche en après-midi, au Café, du monde s'installe au piano. Pis comme de fait, j'ai pas été déçu. Je me suis assis sur un banc derrière les cuisines. C'est certain, il y a toutes sortes d'odeurs qu'arrivent là et elles sont pas toujours des plus plaisantes. Mais le banc fait face à la mer, et c'est sacrément mieux que les bancs sur le devant en face des chars. Le châssis de la cuisine est toujours ouvert et les notes s'envolent, mélangées au bruit des chaudrons et des verres. J'aime ce que ça donne. Surtout les fois comme aujourd'hui, avec le vent en furie qui rajoute des notes ou bien donc qu'en enlève à sa guise. En plus, il y avait quelqu'un qui chantait et de temps en temps, un petit bout de chant arrivait jusqu'à moi.

Pendant que j'étais assis là, le vent a faibli et a tourné de bord. De toute évidence, la pluie allait commencer dans pas long. J'avais pas envie de bouger pour autant. J'ai attendu la fin de la musique. En arrivant chez nous, pour sûr, j'étais mouillé de bord en bord, et je me suis fais couler un bain chaud, question de pas attraper une grippe en plein cœur de l'été.

Une fois dans la baignoire, je me suis dit que j'avais vraiment vécu comme un imbécile avant. Seulement depuis cet hiver, j'avais une tank[7] à eau chaude. En tout cas,

---

7. Tank : réservoir.

j'me rattrape, et j'en profite bien asteure. C'est comme le reste, j'ai commencé avec le frigidaire et une couple de prises électriques, pis pas longtemps après, j'ai acheté un congélateur. L'année qu'a suivi, le tour du poêle est arrivé. La cuisinière comme ils disent, mais moi, me semble, ça fait drôle à dire, acheter une cuisinière... Une autre année, j'ai fait placer des prises et des lumières pour le haut. Et finalement, l'hiver passé, l'eau chaude est arrivée chez nous. Pis la grande baignoire à pattes. C'est rendu, chaque fois où je rencontre Claude à Paul, il me demande en riant quelle va être la prochaine chose à venir installer dans ma maison. Faut dire, Claude à Paul, quand on se rencontre, il sait jamais quoi dire. Comme si il était jamais revenu de sa surprise, la première fois où il est entré chez nous. Apparence, c'est pas de cette façon-là qu'il avait imaginé la maison du fou du canton. Faut dire, tout comme lui, j'entre dans les maisons du monde pour vendre mon poisson, et j'en vois des vertes pis des pas mûres. Je sais bien à quoi il s'attendait. Mais me semble, il pourrait en revenir. C'est peut-être mon Mozart qu'y trouve dur à passer...

Dans le courant de la soirée, Pierre à Charles est venu faire son tour. Ça faisait un bout, depuis sa dernière visite. L'été, il vient moins régulier. Faut dire, l'été, tout le monde a plus d'occupations. Et comme il y a de la musique partout, on a moins le besoin de s'encabaner pour en écouter. Pareil, j'ai trouvé bien plaisant qu'y soit là. Moi, je peux pas laisser passer une semaine sans m'installer au moins une soirée dans ma berceuse avec ma musique. Si Pierre à Charles est là, on dirait que la musique me semble encore plus belle. Je sais pas trop, c'est peut-être d'être deux à l'écouter? Elle semble prendre plus de place.

La musique jouait déjà à son arrivée et on a rien dit, même pas bonjour. C'est comme une règle sans besoin de la dire. On parle jamais par-dessus la musique. Et j'en ai attendu la fin, pour lui demander de me parler de son spectacle.

— Oh, c'était spécial. J'm'attendais pas à être autant énervé... ni à avoir autant d'monde. Mais toi, dis-moi donc comment t'as trouvé ça?

— Moi, c'était spécial itou. Comme tu sé, c'était ma première fois en d'dans. La chose s'est bien passé pareil. Une fois le spectacle commencé, j'ai pas été distrait en toute. J't'ai trouvé un brin moins naturel à conter tes histoires. Le violon, par exemple, me semble qu'y fittait encore plus que de coutume. À chaque fois, tu prenais ton violon et c'était comme si le violon en contait un boute pour toi. Des notes à la place des mots, pis on comprenait. T'as joué sacrément bien, faut dire. À force de faire des spectacles, tu vas dev'nir plus à l'aise, pis ça va sortir aussi bien devant du monde qu'assis ici à m'conter tes histoires, j'suis certain.

— Coudonc, André, tu m'fais toute une analyse. As-tu déjà pensé à dev'nir critique pour Radio-Canada?

On s'est mis à rire. C'était pas mal fameux à imaginer, André à Arsène, le fou de la place, critique pour Radio-Canada. Il a fait du café en me contant les dires du monde qu'il avait reçus. Moi, je sais pas si c'était le bain chaud ou la pluie, mais j'avais de la misère à garder les yeux ouverts. Le café a aidé un brin mais sitôt Pierre à Charles parti, j'ai pas fait long feu.

Le lendemain, j'ai porté les lettres à Louis à Edmond. Il était content, mais bizarre... Quelque chose le tracassait. Il disait rien en paroles, par exemple. Et je l'ai laissé se décarcasser tout seul. J'ai allumé une cigarette et j'ai attendu. Après une bonne escousse, il s'est finalement décidé : « J'ai quèq'chose à te d'mander, André, j'sais que ça te f'ra pas plaisir, mais d'un aut' bord, j'vois pas comment faire autrement. » Là encore, il s'est arrêté un long bout et même si je suis pas pressé ni rien, je commençais à fatiguer.

– Parle, Louis, le pire qui peut arriver, c'é que j'te dise non.

– Ok, mais faut que j't'explique quèq'chose avant... J'vois pas bien, André, j'ai besoin de lunettes pour lire, pis d'un bon éclairage itou. J'peux pas lire dans ma chambre pour sûr. Pis à la table en bas, maman est toujours autour. J'veux pas avoir à répondre à ses questions. J'sais pas trop comment m'y prendre pour lire les lettres de Julie...

Là encore, il a laissé le temps filer. Je commençais à le trouver fatigant. Facile à voir venir itou. Il aurait préféré pas avoir à demander et moi, j'avais pas envie d'y rendre la vie si facile. J'ai attendu. J'ai allumé une autre cigarette.

– Si je pouvais laisser les lettres chez vous, pis aller les lire quand t'é pas là, pour pas te déranger... Pour sûr, ça serait ça l'idéal...

J'aurais aimé une vraie demande plutôt que des si, mais je lui ai répondu d'aller chercher ses lunettes et on s'est rendus chez nous. On a pris une petite table du dehors et on l'a mise juste à côté du châssis pour la lumière.

– Y'a juste une affaire qui m'tracasse. Si le monde d'la place te voit entrer ici quand j'y suis pas, y'en a qui vont se croire autorisés à entrer dans ma maison comme y veulent. Pis j'suis pas pour commencer à barrer mes portes. Y faudrait que personne te voit entrer ou bien donc, que t'arrives quand j'suis encore là.

Louis s'est mis à jongler et contrairement à son habitude, ce coup-ci, il a pas été trop long avant de me répondre : « Ou bien, on invente une fausse raison... On pourrait dire que j'viens faire d'la peinture chez vous. Qu'est-ce que t'en penses ? »

– J'veux pas d'peinture en toute dans ma maison ! Pis pourquoi c'é faire que j'la ferais pas moi-même, c'te peinture-là ?

– André ! C'é certain que j'veux pas faire de peinture, c'é pour lire les lettres que j'veux v'nir chez vous. Mais t'as raison, c'é pas une bonne déblâme[8].

– J'ai une idée. Tu pourrais v'nir faire d'la teinture dans les chambres du haut. Tu pourrais dire que moi, j'sé pas comment faire, parce que c'é une teinture spéciale, pis c'é toi qui viendrais la faire ?

– André... j'viendrai pas faire de peinture ni de teinture ici.

– Non, non, j'veux dire... tu vas faire semblant. Mais tu vas me lire les instructions sur la teinture, par exemple. J'veux une teinture qui rentre dans l'bois mais qui l'cache pas. Juste pour donner un brin d'couleur. Pis ça met plus de lumière dans les pièces. En plus, les murs se lavent mieux par après. Je l'ai vu faire dans l'ancienne maison d'Agathe à John. Le gars de Québec qui l'a achetée, sa job, c'é de travailler le bois. C'é pas croyable comment c'te maison-là est rendue belle. Pis j'ai de l'éclairage dans

---

8. Déblâme : une raison de faire quelque chose, une excuse.

le haut, asteure, j'peux faire la job. Pis j'dois la faire quand le temps est encore chaud pis que j'peux laisser les f'nêtres ouvertes à longueur de journée pour aérer. J'suis content, c'te projet-là m'était sorti d'la tête...

| Le travail du haut

J'ai laissé Louis à ses lettres et je suis sorti pour mes commissions. Le temps avait changé et l'air frais rendait plaisant d'être au dehors. C'est certain, les touristes devaient pas être d'accord, d'autant qu'y restait plus une haleine de vent pour gonfler les voiles. Du beau temps pour du monde étrange comme moi. Pour sûr, la chose allait pas durer... du temps sans vent sur les Îles, ça dure jamais.

Au magasin du Cap, je me suis gréyé en produits pour nettoyer les chambres. Même si je sais pas lire, je savais les produits à acheter. Tout le long de ses travaux au gars de Québec, je posais des questions et je le regardais faire. Je lui apportais même du poisson en cadeau pour pas juste faire l'écornifleux[9]. À chaque fois, il voulait rien savoir et il me payait mon poisson. Il aimait à me parler de son travail et il demandait même à sa femme de me servir un petit café. Elle par exemple, mes visites lui faisaient pas un grand plaisir. C'était surtout rapport à sa petite fille, j'y faisais peur. À son gars aussi je crois bien, mais lui, il faisait son toffe[10], et il laissait rien voir.

---

9. Écornifleux : écornifleur, fouineur.
10. Toffe : fort, capable d'endurance, courageux.

Ces affaires-là arrivent souvent, je fais peur aux petits enfants, c'est triste pareil. Plus tard par exemple, quand ils ont pris une couple d'années, ils aiment à faire les faros en m'approchant, et je les fais rire. J'ai même de la misère des fois à m'en débarrasser.

De retour chez nous, Louis à Edmond était encore installé à lire. Je lui ai dit de pas faire cas de moi et je suis monté avec tout mon attirail. En haut, il y a seulement deux chambres, avec chacune un châssis. Je me suis attelé à ouvrir les châssis et c'est tout ce que j'ai eu le loisir de faire. J'ai pris un temps du diable à les décoller et après, toujours pas moyen de les faire glisser. J'ai dû démonter les cadrages. Rendu là, j'avais besoin de demander conseil à Pierre à Charles. Quand je suis redescendu, Louis à Edmond était parti. Je devais avoir passé une couple d'heures en haut, facile.

Pierre à Charles, il vit encore chez sa mère. À chaque fois où je vais le voir, j'espère le trouver dehors et que j'aurai pas le besoin d'aller à la maison. Sa mère, elle est bien fine, c'est pas ça. À dire vrai, c'est peut-être justement le problème... Elle est bien trop fine, sa mère. À force, elle me rend mal à l'aise. Je sais pas trop comment l'expliquer, devant elle, je me sens toujours devenir misérable. Ce coup-ci, j'ai été chanceux, Pierre à Charles était dans son atelier.

– Pierre, j'aurais besoin d'toi. J'sé pas si t'aurais le temps de v'nir faire un tour chez nous pour que j'te montre ?

– Là, tout d'suite, tu tombes mal, j'ai pas l'temps en toute. J'suis en train de finir c'te meuble-là pour Jean, pis après, y faut que j'lui installe sur son bateau. Y part pour la pêche à quatre heures du matin pis j'y ai promis que toute serait en place. Mais conte-moi ton affaire.

Je lui ai dit pour mes châssis. Il a sorti du papier sablé et de la cire avec de la teinture dedans, et il m'a bien expliqué comment je devais m'y prendre. Pierre à Charles, il me dit pas juste comment faire, il me dit aussi le pourquoi. Et moi, j'aime à comprendre. Comme il était rendu trop tard pour entreprendre mon travail de châssis à soir, j'ai demandé s'il voulait que je l'aide à porter son meuble dans la cuisine du bateau.

– Merci bien de ton offre, André, ça s'rait pas de refus, mais j'vais rester à coucher de l'autre bord. Jean a besoin de son truck pour travailler demain matin.

J'aurais pu lui offrir d'y aller quand même et de me trouver un lift pour revenir. Mais en vrai, si je l'avais offert, j'aurais eu envie qu'y refuse. Et moi, j'ai pour mon dire, offrir des choses et pas vouloir les faire, c'est pas honnête. Là, j'étais dû pour aller me coucher. Depuis une couple de jours, je fais plus mon somme durant la journée et je m'en ressens. En arrivant chez nous, j'ai remis les châssis à leur place pour la nuit. Le vent s'était levé, et du bord qu'y soufflait, j'aurais tout mon temps de m'en occuper le lendemain. J'ai eu une petite pensée pour Pierre à Charles qui se dépêchait pour rien. D'un autre côté, probable que les gars vont se rendre au bateau pareil au matin. Et ils vont être contents de voir le meuble de la cuisine à sa place et de s'y faire un petit café avant de s'en retourner chez eux.

La semaine a été faite de vents. Je suis retourné en pêche seulement arrivé au samedi. Tout mon temps libre est allé aux châssis et maintenant, ils sont un vrai charme à ouvrir. Pierre à Charles a eu du lousse [11] dans son ouvrage et il a remplacé le vieux mastic sur le côté du dehors. Je dois attendre une semaine ou deux avant de les teindre. Il m'a laissé la teinture et il m'a expliqué comment m'y prendre quand le temps sera venu.

Un bel adon pour Louis à Edmond. À tous les jours, il pouvait lire ses lettres, sans besoin de cachoteries. Moi, j'étais toujours au proche. Tout le temps, du café attendait. Des fois, je descendais chercher un outil et je le trouvais la tête dans les nuages, à jongler. Un sourire fendu d'une oreille à l'autre.

À part m'occuper des châssis, j'ai fait pas mal de nettoyage dans le bas de la maison. Je m'attendais à la visite de la Jeune pour la fin de la semaine et je voulais la maison à son meilleur. Pis après ma pêche, ce samedi-là, comme de fait, Louis à Edmond m'a annoncé sa visite.

– La Jeune va v'nir demain, vu qu'a s'en r'tourne à Montréal, ses vacances sont finies. A veut être sûre de pas t'manquer. A t'fait dire de l'attendre juste après dîner.

– Crains pas, j'vais être là, j'm'attendais à sa visite. J'ai même acheté des p'tits biscuits à prendre avec le café...

– Tabarouette, André... tu t'en viens fancy !

On a ri. J'ai laissé Louis à ses lettres pis moi, je suis retourné m'occuper de mes maquereaux.

---

11. Du lousse : du temps de libre.

Des nouvelles des vieux pays

L e dimanche, en attendant la visite de la Jeune, j'ai encore mis de la musique. Mais ce coup-ci, j'ai ouvert le châssis qui donne au large et je me suis installé dehors, face à la baie. Je me suis servi de la table placée pour Louis à Edmond en avant du châssis. Pour dire, c'est de voir la table placée là qui m'en a donné l'idée. Peut-être du fait d'être dimanche et du grand bout passé sans me rendre à la messe, en tout cas, j'avais envie d'entendre mes Ave Maria. La première fois où j'écoutais de la musique au dehors. Pour sûr, j'en ai écoutée souvent avec ma petite machine à enregistrer, assis dans les herbages sur le bord de la baie. Mais là, de l'écouter sur une bonne machine avec des haut-parleurs, c'est pas pareil en toute. D'autant qu'assis au ras du châssis de même, c'est comme si le chanteur me chantait dans l'oreille.

Au-devant de moi, il y a la broussaille, les dunes, la mer. Une sacrée belle journée avec juste une petite brise. Et je me trouve chanceux d'avoir ce tableau-là au-devant de moi. Pis le soleil fait tout briller autant que des vitraux d'église. Des fois, je me dis, les églises peuvent essayer autant comme autant d'imiter la nature, c'est dur à égaliser. Assis bien confortable, une cigarette au bec, je comprends mieux la Jeune itou. Ce calme-là, je pourrais pas l'avoir si j'étais pas chez nous. Oui, c'est bien vrai que je suis chanceux. En plus, le dimanche est une journée spéciale rapport au silence. Pis pour écouter la musique, ça y fait pour beaucoup. Dans la musique, y'en a gros, des silences. Dans le canton, pour sûr, il se passe jamais grand-chose et il y a pas grand bruit. Sauf le samedi, la journée la plus bruyante de la semaine, où les tondeuses font un barda du diable. Mais le dimanche, surtout en matinée, le calme est pas troublé par rien. On dirait une île déserte. Peut-être d'avoir fêté la veille ou bien donc à cause de la religion ? Même si la plupart du monde vont plus à la messe, les habitudes restent, j'imagine. En tout cas, les dimanches sont remplis de silences. Pis ça les rend bien plaisants.

Je venais tout juste de tourner ma cassette de bord quand la Jeune est arrivée. Elle semblait bien plus sérieuse qu'à sa dernière visite. Je lui ai demandé si la chose lui disait qu'on s'installe au dehors et comme elle était d'accord, j'ai parti le café. Elle s'est assise derrière la maison en attendant. Je me demandais bien pourquoi elle était tracassée de même. Pas un mot, juste des signes de tête. Elle change vite de manière d'une semaine sur l'autre, en tous les cas.

Le café prêt, j'ai passé les tasses et les biscuits par le châssis sur une petite table placée drette [12] vis-àvis celle d'en dedans. Je l'avais vu faire dans un film et je me trouvais pas mal bon. En voyant mon manège, la Jeune a pas pu s'empêcher de sourire. Une fois dehors, j'y ai tendu l'assiette de biscuits en essayant de faire une face de snob mais avec moi, ça devait donner toute une grimace. Et là, le sérieux a vraiment pris le bord et elle a ri pour de bon. C'était pas mon intention en achetant les biscuits, mais j'étais fier de mon coup en tabarouette.

– Excuse-moi, André, je dois te paraître bizarre, mais j'ai quelque chose à t'dire et je sais pas trop comment m'y prendre.

– Coudonc, c'é d'famille ! La semaine passée, c'était ton frère Louis, pis là, c'é toi. J'vous comprends pas avec

---

12. Drette : peut avoir plusieurs sens ; ici, il signifie directement.

vos détours, j'suis pas quèqu'un à prendre avec des pincettes ou avec mauvais caractère, me semble. Tu dis que tu sais pas comment ? C'é facile, ouvre la bouche pis parle !

La Jeune est restée figée, avec ses yeux grands ouverts à me regarder, et tout d'un coup, elle a éclaté de rire.

— André, t'es bien certain de pas être susceptible ? Et de pas avoir mauvais caractère ?

Là, c'est moi qu'a ri. C'est vrai, j'avais dit ça tout d'un bloc, et avec mauvaise humeur. Pas trop trop bon pour amener quelqu'un à parler. Je suis toujours choqué par le monde qui tourne autour du pot et avec la Jeune d'autant plus, j'avais pas envie que les choses se passent de même. En tout cas, avec le rire, là, c'était mieux parti. Pareil, la Jeune a attendu d'avoir repris son sérieux avant de commencer à parler.

— Avant de te raconter comment je l'ai appris, je dois te dire une chose importante qui va te faire de la peine. J'ai appris la mort de Julie, ça remonte à presque trente ans maintenant...

La Jeune s'est arrêtée de parler en regardant au large.

— J'suis au courant, ton frère Louis me l'a appris la semaine passée. C'é correct, tu peux conter ton histoire.

— Moi qui savais pas comment m'y prendre pour t'annoncer la nouvelle... Je m'étais tracassée pour rien. Bon, alors, je commence...

(...) L'an dernier, comme tu sais, je suis pas venue faire mon tour aux Îles. J'étais en France, pour un congrès, et tant qu'à être là, j'ai décidé d'y prendre mes vacances. J'y suis restée un mois.

(...) D'abord, je dois te dire que de nos jours, tout l'monde sait se servir d'un ordinateur pour trouver des informations. Et moi, à cause de mon travail, je prends encore moins de temps que la plupart pour arriver à mes fins. Si quelqu'un a fait des films, des chansons, des choses de ce genre-là, ce serait vraiment étonnant de pas arriver à en retrouver des traces sur l'ordi...

(...) Avant de partir de Montréal, j'avais fait une recherche sur Julie. Je savais qu'elle avait eu un petit rôle dans un film en France. J'avais réussi à retracer deux personnes. Le réalisateur du film et un acteur. Heureusement, pas des noms super connus, sinon j'aurais jamais réussi à les contacter...

– On dirait un film d'espions. C'é l'fun, d'habitude j'comprends rien, mais là... j'te suis.

– T'as bien raison, j'ai eu un fun bleu à chercher les traces de Julie. Le réalisateur vit en Bretagne, en haut, et l'acteur à Marseille, en bas. Les deux sur le bord de la mer et des belles régions. C'était loin d'être désagréable de me rendre les voir.

– La Bretagne, j'connais ça... le vieux Éphrem, y'en parlait souvent du temps d'son vivant. C'é au ras la Normandie. Y'a une famille de pêcheurs qui l'avait soigné du temps d'la guerre. Y'é r'tourné les visiter une couple de fois après, pis les enfants d'ce monde-là, y sont v'nus en visite aux Îles itou. Du bien bon monde, j'trouvais. Pas compliqués en toute. Mais Marseille, ça m'dit rien.

– La Bretagne ressemble un peu à ici, les gens pêchent dans la même eau. Tandis que Marseille, c'est sur le bord de la mer Méditerranée, c'est beaucoup plus chaud, plus sec aussi. C'est une grande ville avec un grand port de mer... Est-ce que tu aurais encore du café ?

Comme la machine était vide, je suis rentré en faire d'autre. La manœuvre a été assez longue, je devais la vider pis la rincer avant de la remplir, mais j'aime ça de même. J'aime les choses qu'y prennent du temps en me laissant le loisir de jongler. Une pause avant la reprise des parlures. La musique s'était arrêtée de jouer itou mais j'en ai pas remis pour sûr. La musique, c'est fait pour être écoutée.

Dehors, la Jeune avait pas l'air en peine. Elle avait fermé les yeux et étendu les jambes. Une bonne manière pour prendre le soleil en sentant l'air, chargé de sel et d'odeurs. Derrière chez nous, c'est rempli d'herbages qu'ont poussé là tout seuls. Quand le vent souffle pas trop, des bonnes odeurs en montent. Des fois, j'aimerais à être plus connaissant et savoir les plantes sauvages qui y poussent. Il y a des pommes de pré sur le bord, et du thé du Labrador parmi les broussailles mais pour le reste, je saurais pas dire. Une fois, une touriste est venue à ma porte me demander si elle pouvait passer sur mon terrain pour étudier les plantes poussant là. Je l'ai laissé faire avec son livre d'images et ses ciseaux. J'ai pas osé m'approcher pour y poser des questions. Elle avait peur de moi, c'était facile à voir. Pour sûr, j'aurais pu l'amadouer en faisant des blagues et sa peur serait partie. D'un autre côté, j'arrivais pas à me faire une opinion, à savoir si c'était une bonne personne ou pas. J'ai rien fait, rien dit. Mais c'est de valeur pareil, j'ai rien appris sur les herbages. Il y a Rita, la sœur de Pierre à Charles, qu'a bien des connaissances sur le sujet, pis des fois m'en apprend. Par exemple, jusqu'asteure, elle m'a juste montré des plantes qui sont utiles à une chose ou à une autre. Et j'ai pour mon dire que celles qui poussent derrière chez nous, elles sont peut-être juste utiles à être belles pis à sentir bon ? Le bruit du café dans la machine m'a sorti de mes rêveries. J'ai encore passé les affaires par le châssis et la Jeune est revenue de ses songes elle itou. J'ai fait le tour de la maison pour la retrouver et on est repartis pour un deuxième set.

– J'ai commencé par la Bretagne. Monsieur Boulanger, le réalisateur, il doit avoir autour de quatre-vingt-dix ans. Il a encore toute sa tête, mais il s'ennuie et il passe tout son temps à l'ordinateur. Il aurait passé des heures à me parler de ses films. Il se rappelait de Julie. Il l'avait rencontrée à l'automne '68. Julie avait une recommandation de Claude Jutra et il lui avait trouvé un petit rôle. Elle aidait un peu à la technique aussi, et toute l'équipe l'aimait. Les dernières scènes du film furent tournées dans une région assez sauvage des Alpes. Une bergerie apparaissait souvent en arrière-plan, et des moutons, au loin. Tout l'monde dormait au village et se déplaçait dans la montagne pour la journée. Dès qu'elle était libre, Julie rejoignait le berger. Il se tenait toujours le plus éloigné possible du tournage avec son chien. Et les chiens de berger, ils laissent approcher personne d'habitude...

(...) Julie était revenue à Paris avec l'équipe pour finaliser le film et ensuite, il n'a plus entendu parler d'elle. Mais monsieur Boulanger avait la certitude qu'elle était retournée dans les Alpes, auprès du berger.

– Les bergers... j'ai entendu parler d'eux à l'église. J'pensais que ça existait juste dans l'ancien temps.

– T'as pas tort, André, c'est pas un métier comme un autre. Il y a un film sur une bergère : *Manon des sources*. L'histoire se passe dans des montagnes moins hautes que le film de monsieur Boulanger, et à une autre époque aussi, mais ça donne une bonne idée pareil, tu devrais le regarder.

– Pour sûr, j'vais essayer de mettre la main sur c'te film-là pour me faire une idée. C'é-tu un bon film ?

– Oui, dans son genre. Mais là, je dois me dépêcher un peu à raconter mon histoire... J'ai visité un peu la Bretagne avec monsieur Boulanger et après, je suis descendue à Marseille pour rencontrer l'acteur : monsieur Lafleur. J'avais pris contact avant de m'y rendre, une chance... c'est pas une grande vedette, mais il s'en donne l'air. Monsieur Boulanger avait dû parler en ma faveur pour qu'il accepte de me rencontrer. Un drôle de personnage... Le genre stressé qui reste jamais en place. Son cellulaire sonne à tout bout de champ et il aime tellement ça ! En gros, il m'a dit les mêmes choses que monsieur Boulanger, mais il en savait plus long. Plusieurs années après le film, il a revu Julie par hasard, dans le même village où la troupe avait dormi durant le tournage. Elle apportait des fromages à vendre à la petite épicerie. J'avais maintenant un point de départ pour mes recherches, même si je ne pouvais pas être certaine que Julie y serait encore. Comme j'adore les montagnes et la marche, c'était loin d'être un sacrifice d'aller visiter cette région-là.

– J'en r'viens pas, c'é pas croyable, ton histoire, on s'croirait dans un film pour vrai.

– Le village s'appelle Saorge et il n'est pas facile d'accès ! De Marseille, il faut changer de train à Nice, et descendre à Breil, le village à côté. Il faut prendre un autobus après, c'est compliqué parce qu'on doit réserver l'autobus à l'avance au téléphone. Comment j'aurais su ? Pour sûr, je n'avais pas réservé ! Mais j'ai été chanceuse, dans le train, j'ai jasé avec quelqu'un qui passait par le village et qui m'a donné un lift. (...) J'ai laissé mon sac à l'auberge et je suis tout de suite partie dans les montagnes. Sur le sentier, j'ai rencontré personne ni à l'aller ni au retour et j'ai marché quatre, cinq heures. Des sentiers, il y en avait qui partaient dans toutes les directions. Tu vois, c'est une chose que j'adore de la France, on peut se rendre partout en marchant. On n'les appelle pas les vieux pays pour rien, les sentiers ont pas été tracés la veille ! J'aime marcher en me disant que des personnes sont passées sur les mêmes sentiers des siècles avant moi. Et ça sent bon. Tu marches sur du thym, de la citronnelle et t'entends les grillons chanter...

(...) Je suis revenue au village à la noirceur. Pendant le souper, quand j'ai expliqué pourquoi j'étais là, tout le village s'en est mêlé. Le plus difficile, c'était de comprendre c'qu'ils me disaient.

– Ça, ça r'semble à par ici.

– Oui, t'as raison. D'autant que c'était surtout des vieux qui étaient au courant de l'histoire, et ça rendait pas la compréhension facile, surtout quand ils s'obstinaient entre eux. Et même si c'est peut-être pas aussi difficile à comprendre que l'accent des Îles, quand ils parlent vite et tous ensemble, il faut être concentré pour les suivre. Ils m'ont fait penser à papa... Tu t'rappelles ? Des fois, il en sortait de toutes sortes, des mots en vieux français bien souvent.

– J'sais pas trop... Y'était-tu plus difficile qu'un autre à comprendre ?

– Certain ! Personne de mes amis des Îles, ou encore pire, de ceux en visite de l'extérieur, arrivait à savoir ce que papa disait...

(...) Je vais te dire ce qu'ils m'ont raconté sur Julie, la Canadienne comme ils l'appelaient. En France, ils disent toujours les Canadiens au lieu des Québécois. Moi, ça m'énerve, mais bon... je m'éloigne encore de mon histoire.

– Pis si tu continues d'même, tu finiras pas aujourd'hui pis tu vas manquer l'bateau...

– Je vais essayer de rester concentrée... Julie était revenue au village quelques semaines après le tournage. Plusieurs se rappelaient du jour de son arrivée. Même si à cette époque-là, beaucoup de jeunes s'étaient installés dans l'coin... c'était à la mode, le retour à la terre. Mais Julie, elle était arrivée toute seule, et elle avait pas non plus le genre hippy comme les autres jeunes. Et la grande obstination entre les vieux : belle ou jolie, des palabres à plus finir... Et c'est là où j'ai appris pour Marie. Écoute bien, ils étaient pas tous d'accord sur la beauté de Julie, mais ce qui faisait vraiment l'unanimité, c'était sa fille... Elle, c'était une vraie beauté. Julie a eu une fille, André !

La Jeune s'est arrêtée pour me laisser le temps de bien comprendre ses dires. Pour sûr, encore ce coup-ci, elle était pas au courant que je savais déjà. Mais je voulais pas l'arrêter dans son histoire pour expliquer. Et je lui ai juste fait signe de continuer.

– Julie avait une grande amie, Angèle, qui vit encore au village. Fais-toi z'en pas, le lendemain, elle était prévenue de mon arrivée et elle m'attendait. Tout de suite, je me suis sentie à l'aise avec Angèle. Et je lui ai demandé si je pouvais enregistrer, pour que tu puisses l'entendre.

Elle a été étonnée que je le fasse pour toi... C'est triste, mais elle pensait que t'étais trop fou pour comprendre... Julie est restée dans l'erreur par rapport à toi jusqu'à sa mort. Si tu veux, va chercher ta machine, et on va l'écouter ensemble.

C'est ce que j'ai fait. J'ai branché la machine et je l'ai passée par le châssis. Mais je l'ai fait sans ouvrir le bec. Je commençais à trouver l'histoire longue et j'étais fatigué.

– Je t'avertis, par exemple, peut-être que tu vas avoir de la difficulté à tout comprendre. T'auras seulement à me faire signe. On arrêtera la machine, et je t'expliquerai.

J'ai laissé la Jeune dire, et j'ai pensé en moi-même que j'étais même pas certain de pouvoir écouter en toute. Mes capacités étaient rendues à leurs limites mais je voulais laisser la Jeune faire comme elle l'entendait. Moi, j'écouterais cette cassette-là plus tard, à tête reposée. Pour tout de suite, je me contentais de garder les yeux ouverts pis c'était déjà assez d'ouvrage. La Jeune a mis la machine en marche et Angèle, la grande amie de Julie, nous a rejoints derrière la maison. Elle avait une drôle de parlure. Les mêmes mots... mais une façon de les dire comme j'en avais jamais entendue :

– Bon, bon... Par où commencer ? La première fois où j'ai vu Julie... elle était venue me rencontrer chez moi. À cette époque, peu de gens possédaient des voitures et je prenais en charge les achats des gens du village en revenant de mon travail. Nous sommes très vite devenues amies.

(...) Antoine, il s'était installé dans la région trois ans plus tôt. Comme tout le monde, j'étais au courant qu'un nouveau berger occupait la bergerie, mais je ne l'avais jamais rencontré. Le vieil Arnold venait me voir de sa part pour ses achats. Et le vieil Arnold, il était fermé comme une huître, aucun moyen d'apprendre qui était le nouveau berger par son entremise.

(...) Puis, Julie est arrivée. C'était étrange de la voir, elle si vivante, avec Antoine si sérieux et solitaire. Au début, je me rappelle... je l'amenais dans les fêtes de villages et j'avais l'impression d'avoir une amie amoureuse d'un très vieux monsieur qui ne sortait jamais. Et tranquillement, les choses ont changé. Je me suis mariée et mon Jeannot est venu vivre au village. Il était de Nice et quitter la mer pour la montagne n'a pas été facile. Il gardait la forme en courant et il terminait sa course près de la bergerie. Et avec le temps, Jeannot et Antoine ont fraternisé. Antoine a pris l'habitude de descendre au village une fois la semaine avec Julie pour dîner à la maison. Parfois, les hommes partaient à la chasse dans les montagnes et Julie et moi descendions jusqu'à la plage de Villefranche-sur-Mer qu'elle aimait tant. Elle aimait son calme et elle disait que le sable lui rappelait son île. Puis, Julie a commencé à se rendre à Cannes avec Pépé Claude de Breil qui y vendait ses miels. Elle adorait vendre au marché. Au début, elle n'avait que ses fromages, puis des herbes se sont ajoutées, des légumes, et même des savons de Marseille. Avec le temps, elle s'est louée un kiosque à elle et s'y rendait tous les dimanches. Et nous l'avons suivie, Cannes est entré dans notre routine. Antoine venait au village dans la matinée et nous partions rejoindre Julie déjeuner en ville, jouer à la pétanque et ramener Julie avec ses invendus, s'il y en avait...

(...) Peu à peu, Antoine est devenu moins renfermé. C'était agréable de les voir ensemble, heureux, paisibles. Un soir, nous étions à table, et Antoine nous a raconté son histoire. On lit ces choses-là dans les journaux, on sait qu'elles existent, mais devant quelqu'un à qui c'est réellement arrivé, c'est difficile d'y croire... Antoine est venu vivre dans les montagnes à sa sortie de prison ! Cinq ans de prison pour meurtre, tu imagines ! Le coupable a été retrouvé et du coup, lui, il a été innocenté, mais cinq ans de prison... C'était au-dessus de ses forces de retourner chez lui. Il voulait un endroit perdu où personne ne serait au courant, un endroit où il pourrait oublier. Il voulait vivre au grand air, sans murs autour de lui. Il a sillonné le pays à la recherche d'un endroit où vivre. Il a rencontré le vieil Arnold dans la montagne et au vieil Arnold, il a tout dit, dès le premier jour. Il a convenu avec lui d'acheter sa terre et la bergerie avec le dédommagement de l'état. Ils ont signé les papiers à Nice pour que personne d'ici ne sache rien de son histoire.

(...) Puis, peut-être sept à huit ans après son arrivée, Julie est tombée enceinte. Marie est née, et une période merveilleuse a suivi où nous étions inséparables.

(...) Six ans plus tard, Julie est allée faire des tests à l'hôpital de Nice, pour des maux de ventre qui ne partaient pas, et ils lui ont découvert un cancer, déjà très avancé. Il n'y avait plus rien à entreprendre... Alors, Antoine a voulu lui montrer la Corse. Antoine, il est Corse, un insulaire lui-aussi. Ils ont visité son oncle qui vit près d'Ajaccio. Au retour, la petite Marie n'arrêtait pas de me parler du vieux, c'était toujours papi Léon par-ci, papi Léon par-là. Pour elle, l'oncle Léon était devenu son grand-père. Antoine ne comprenait pas que Marie soit arrivée si vite à mettre le vieux Léon dans sa petite poche. Il disait que le vieux était l'homme le plus bourru de la Corse, c'est dire !

(...) Puis, Julie a voulu voir la mer. Pour elle, la Méditerranée, ce n'était pas la mer... Deux semaines avant sa mort, Julie souffrait beaucoup et nous savions que la fin était proche. Le vieil Arnold a gardé les moutons et nous sommes partis, à cinq dans ma deux-chevaux. Nous sommes allés à la mer, la vraie ! Nous avons roulé jusqu'au bord de l'océan. Un tout petit cabanon, pas très loin de Bordeaux...

(...) Je me souviendrai toujours de ces vacances-là, à l'été '84. Les plus belles de ma vie. Même si je savais que Julie allait nous quitter bientôt. Pendant dix jours, j'étais à la fois triste et totalement heureuse. Peut-être justement de savoir la mort si près... la vie m'apparaissait comme un cadeau précieux.

(...) La petite Marie passait son temps dans l'eau ou à jouer sur la plage avec les autres enfants. Elle inventait des histoires de pirates et nous obligeait à y tenir des rôles. C'était l'été de ses sept ans. Nous voulions que la petite profite au maximum de ses dernières vacances avec sa mère. Julie passait toutes ses journées dehors, installée face à l'océan dans une chaise longue, enveloppée dans une couverture, à la regarder jouer avec un sourire si paisible sur le visage. Nous voulions aussi prolonger ce sourire le plus longtemps possible...

(...) Et puis, tout s'est déréglé chez Julie et nous sommes revenus au village. Elle a revu une dernière fois la bergerie et ses montagnes. La petite demeurait avec le vieil Arnold et après mon travail, je l'amenais voir sa mère à Breil. Elle est morte après seulement trois jours à l'hôpital. Antoine voulait la garder à la maison jusqu'à la fin... Elle a refusé. Je la comprenais... elle ne voulait pas que la petite la voit souffrir. Antoine était toujours à ses côtés. Quand nous arrivions, elle nous attendait. Des visites courtes pour que Julie reste en mesure de sourire à Marie...

(...) La mort de Julie a été sereine. Antoine était triste, mais il semblait paisible, comme si Julie se trouvait encore auprès de lui. La petite Marie, pauvre petite ! Elle a été si malheureuse... Puis, avec le temps, son sourire est revenu. La même année, ils sont descendus vivre chez le vieil Arnold, plus près du village. Pour que Marie puisse jouer plus facilement avec les autres enfants... et pour le vieil Arnold... La mort de Julie l'avait beaucoup affecté. Comme si son âge l'avait rattrapé d'un coup. Il montait encore à chaque jour à la bergerie, mais il ne partait plus sur les sentiers. Il s'occupait du potager, puis il restait assis des heures à regarder le vide en attendant le retour de Marie après l'école. Il est mort deux ans après Julie. Je ne l'ai jamais vraiment connu. Pour moi, il avait toujours fait partie du paysage. Après sa mort, j'ai appris par mes parents que le vieil Arnold n'était pas originaire de la région. Il s'y était installé après la guerre, probablement pour oublier un malheur... tout comme Antoine ! Il a légué sa maison et ses biens à Antoine. Alors, quand Marie a eu l'âge de rentrer au lycée, Antoine a tout vendu et ils sont partis vivre en Corse. Depuis la mort du vieil Arnold, ils rendaient visite à l'oncle Léon chaque été et la petite Marie, même en grandissant, elle adorait toujours autant son papi. Et Antoine, je pense que depuis qu'il avait revu la Corse... il voulait y retourner.

(...) Ils y vivent encore. À Ajaccio. Antoine habite dans les montagnes et Marie vit en ville. Marie est mère de deux enfants, deux petits bouts de chou adorables.

Là, la Jeune a dû arrêter la machine. Même si j'étais à moitié endormi, ça m'a fait réagir. Sûrement en voyant ma face, elle s'est dit que je devais pas être en mesure d'entendre la suite. J'étais parti dans la brume, j'écoutais pas vraiment, mais ce bout-là, je l'avais bien entendu. Faut dire, j'en avais tellement rêvé, de Julie avec ses enfants. Et un jour, ces enfants-là qui viendraient jouer dans mes pattes. Même si là, ce serait plutôt les enfants de sa fille Marie, au lieu de ceux de Julie. Ce qui avait plus de bon sens, pour sûr. J'en croyais pas mes oreilles. Et j'avais pas de mots pour dire comment j'étais content. J'ai pris sur moi le plus vite que j'ai pu et je lui ai fait signe de repartir la machine. Je savais que j'aurais tout le loisir plus tard de réécouter Angèle autant comme autant.

– Au début, ils venaient en visite à chaque année. Mais le vieil oncle Léon approche les quatre-vingt-dix ans et Marie ne veut plus s'éloigner de l'île. Et puis l'année dernière, elle s'est séparée du père de ses enfants, et comme il a quitté la Corse, elle se retrouve seule à s'occuper des petits.

(...) Je vais souvent en Corse. Je vais m'y rendre cette année encore. Depuis que mon Jeannot est mort d'un accident de voiture... je préfère y aller. Dès le moment où je monte dans le bateau, j'ai l'impression d'aller au bout du monde et ça me fait beaucoup de bien. J'y suis comme chez moi. J'ai ma chambre chez Antoine et j'en ai une autre en ville, chez Marie.

– Est-ce que Marie a déjà pensé à visiter sa famille au Canada ? a dit la voix de la Jeune.

– Oui, bien sûr. Il y a cinq, six ans, Antoine a rencontré des Canadiens en visite en Corse. Antoine, il tient une auberge dans les montagnes, tout près de la maison de l'oncle Léon. Lui que j'ai connu si solitaire rencontre maintenant beaucoup d'étrangers ! Ces Canadiens, ils lui ont parlé d'une île là-bas, où plutôt d'îles, puisque cela s'appelle les Îles-de-la-Madeleine. Ils lui racontaient comment c'était beau et tout, et Antoine, ça lui est revenu. C'était bien le nom des îles de Julie... Vois-tu, Julie, elle parlait toujours de la Pointe, ou elle disait « aux Îles » et même moi, je ne me rappelle pas l'avoir jamais entendu prononcer le nom de ces îles au complet. Par la suite, Marie a fait des recherches et elle a trouvé rapidement l'endroit. C'était la même année où Marie était enceinte de son petit Léo, alors tout cela a été mis de côté. Puis, il y a eu la petite Mireille, trois ans plus tard, et voilà, la vie s'est occupée de prendre toute la place dont elle avait besoin et les journées de Marie ont été trop remplies pour qu'elle pense au voyage... Mais tu vois, pour elle, c'est une certitude, elle ira un jour. C'est beaucoup d'organisation d'aller si loin et ce n'est pas donné, l'avion pour le Canada. Ces îles-là, elles semblent à l'autre bout du monde...

– Oui, vous avez bien raison, Angèle, même pour nous, au Québec, se rendre aux Îles-de-la-Madeleine, c'est un long voyage. Mais il y a une chose que je n'arrive pas à saisir dans l'histoire de Julie. J'ai lu les lettres qu'elle a écrites à sa mère et ça m'apparaît évident qu'elle aimait sa famille. Alors il me semble qu'après un certain temps, elle aurait dû donner de ses nouvelles. Leur dire au moins qu'elle était vivante et qu'elle allait bien. Entre son départ de Montréal et sa mort, plus d'une quinzaine d'années se sont écoulées... sans aucune nouvelle. Sauf une lettre, écrite à son vieil ami, presque sur son lit de mort. Je n'arrive pas à comprendre...

– C'est moi qui n'te comprends pas. Pourquoi dis-tu qu'elle n'a donné aucune nouvelle ? Et ses cartes postales ?

– Julie a envoyé des cartes postales ?

– Mais oui ! C'était une tradition, une carte par année. Le jour de la fête des mères. Marseille, c'est une longue route, mais pour moi, la fête des mères a toujours été sacrée. Et depuis que mes parents étaient déménagés à Marseille, je ne l'avais jamais manquée. J'allais déjeuner à la maison avec toute la famille réunie pour l'occasion, et Julie, elle passait la journée en ville. Elle achetait une carte postale et l'envoyait à sa mère. Elle s'installait toujours au café Chez Jeannot pour l'écrire. C'est dans le Vallon-des-Auffes, à dix minutes à pied du vieux port et pourtant, on se croirait dans un petit village de pêcheurs... En soirée, nous nous retrouvions sur le port, au Bar de la Marine. Elle m'y attendait avec ses achats et nous remontions au village. Bien sûr, au début, Julie espérait des réponses à ses cartes. Elle avait donné mon adresse pour recevoir son courrier... et moi, j'étais impatiente de lui tendre sa première lettre. Pourtant, elle n'a jamais reçu de réponse. Mais le jour de la fête des mères était devenu une tradition, et elle continuait d'envoyer des cartes pour donner signe de vie, comme elle le disait.

(...) Vois-tu, Julie savait que sa mère était morte. Elle disait que sa mère vivante aurait répondu à ses cartes. Elle continuait les cartes pour son père. C'était étrange car elle les envoyait le jour de la fête des mères ! Comme son père ne savait pas lire, elle prenait bien son temps pour choisir ses cartes et trouver des images qui disaient un peu sa vie. Et elle lui envoyait parfois des photos de la petite Marie. Alors, tu dis que rien de cela n'est parvenu à son père ?

– Je suis seulement au courant de sa dernière lettre, à mon frère Louis... Mais en sachant que ces cartes existent... Son père est maintenant décédé, mais André saura peut-être où chercher ? Ça me paraît impossible que durant quinze ans, rien ne soit arrivé aux Îles. C'est sûrement quelque part...

L'enregistrement sur la cassette s'est terminé et moi, je me sentais complètement hébété. La Jeune a quand même repris à parler.

– J'ai passé deux jours chez Angèle, à marcher dans les montagnes. Mais je n'avais plus assez de temps pour me rendre en Corse. Comme je devais repasser par Marseille, je me suis rendue au Vallon-des-Auffes. C'est assez incroyable, cet endroit. On se croirait dans un village perdu mais on est en plein cœur de Marseille. Et Chez Jeannot, ça existe encore. C'est un café super sympathique et moi aussi, j'ai adoré m'y asseoir et regarder la mer. Je suis aussi allée au Bar de la Marine. Mais c'est maintenant super touristique, ça a beaucoup changé. J'imagine que Julie s'y installait dehors... et la vue sur le vieux port et les bateaux y est sûrement la même qu'avant.

(...) J'étais certaine que tu aimerais à recevoir Marie et les enfants, et j'ai laissé mes coordonnées à Angèle. Depuis l'été dernier, Marie m'a parlé plusieurs fois. Elle va venir te visiter, c'est certain. Je lui ai dit que je pourrais les recevoir à Montréal à leur arrivée. Mais elle ne veut pas s'éloigner de son oncle Léon pour le moment.

La Jeune a arrêté de parler. Tous les deux, on a regardé vers le large pendant un bout. Le soleil était rendu bas et il y avait de grandes traînées de rose au-dessus de la mer. Finalement, la Jeune a soupiré et elle s'est levée. Elle m'a dit qu'elle me tiendrait au courant si elle avait du nouveau. Et elle m'a dit aussi de continuer à lui envoyer des cassettes en lui racontant La Pointe. Moi, j'étais encore ébahi des choses entendues. Mais j'ai quand même réussi à sortir de la brume pour la remercier de ses recherches et pour lui souhaiter un bon voyage de retour.

Les choses tournaient dans ma tête, Marie, ses enfants, les cartes postales... J'arrivais pas à me concentrer. J'ai tout rentré dans la maison le plus vite que j'étais capable et je suis parti vers les dunes... essayer de penser à rien.

LES CARTES
POSTALES

Les jours qui ont suivi la visite de la Jeune, je me sentais dans un drôle d'état. Je faisais mon ouvrage mais sans vraiment être là. La tête vide. Pis finalement, peut-être une dizaine de jours après son passage, j'ai réécouté la cassette d'Angèle. Par petits bouts et sur plusieurs jours d'affilée. Et tranquillement, les choses se sont éclaircies... J'ai compris que les cartes postales étaient dans la chambre des vieux, sûr et certain. Où papa aurait mis les cartes sinon là ? De son vivant, j'entrais jamais dans sa chambre, je montais même pas d'en le haut de la maison ! Après sa mort, j'y ai pas remis les pieds. C'est pas moi qui a dû trouver du linge propre pour son enterrement. Françoise s'en est chargée. Françoise, c'est ma voisine la plus proche. Depuis la mort de maman, c'est elle qui voit à bien des choses pour la maison, par rapport au fait que je sais pas lire, pis que papa le savait pas non plus. C'est elle qui s'est occupée de faire le ménage et de donner les affaires qui pouvaient encore être de service. Une seule fois, je suis rentré dans la chambre, un long bout après la mort de papa. J'en avais ressorti la grosse malle pour l'installer dans l'autre chambre du haut. La lumière y était meilleure pour regarder et surtout, l'autre chambre me semblait moins triste. C'est dans la malle que se trouvaient les lettres écrites par Julie. Ensuite, j'y suis retourné avec Claude à Paul l'an dernier pour qu'il installe des prises pis l'éclairage. Et la semaine passée, pour m'occuper du châssis. C'est vrai que j'ai rien remarqué... Mais vu que je regardais pas et que je cherchais pas non plus, c'est normal, me semble. Aussi vrai que je suis là, j'en suis certain, les cartes peuvent juste être dans la chambre des vieux. Sinon, y faudra que j'en parle à Françoise... Mais c'est pas dans sa nature, à Françoise, de prendre ce qui lui appartient pas.

Je me sentais calme après avoir compris pour les cartes postales. Comme si de comprendre me tranquillisait les pensées. Pour sûr, c'est beaucoup de nouveautés tout d'un coup. Et je vais devoir prendre mon temps. Du nouveau, j'aime mieux quand il y en a pas trop. Quoique par rapport aux enfants, pour sûr, c'est des nouveautés plaisantes à connaître. J'ai pas cherché les cartes tout de suite. J'avais envie de laisser couler du temps. De toute manière, après autant d'années passées dans l'oubli, quelques jours de plus ou de moins y changeraient pas grand-chose. Et Louis à Edmond, pour une escousse encore, il était assez occupé avec la lecture des lettres de Julie. Pour sûr, j'avais pensé à lui pour me lire les cartes. Et je me disais que pour lui itou, c'était mieux de pas trop se dépêcher. Le mieux, c'était d'y aller une chose après l'autre.

J'ai essayé de reprendre ma vie pareille à avant. De suivre mes accoutumances en les changeant le moins possible. Des fois, c'est certain, j'y arrivais pas. En écoutant la musique, souvent, des images d'enfants m'arrivaient devant les yeux. Et Marie, je l'imaginais aussi. Sur La Grave, je regardais faire les mères avec leurs enfants. En réécoutant la cassette bien des fois, j'avais fini par calculer l'âge des enfants. Selon moi, Léo devait avoir sept ou huit ans et la petite Mireille, avec trois ans en moins, ça lui en donne quatre ou cinq. Je crois bien que le petit Léo aurait pas trop peur de moi. Certain la petite Mireille pourrait avoir peur un brin, mais quand même, c'est plus un bébé et je devrais réussir à pas trop l'effaroucher.

La seule chose différente par rapport à l'habitude, c'était la teinture des chambres du haut à entreprendre. Et avant de m'y mettre, le grand lavage à y faire. Un drôle d'adon pareil, mon idée de m'en occuper avant de savoir pour Marie et ses enfants. Maintenant, ces chambres-là, tout semble indiquer qu'elles vont servir à un moment donné.

J'ai commencé par l'autre chambre, celle qu'avait été ma chambre du temps où j'étais petit gars. C'est au début de la maladie de maman que j'ai descendu dans l'ancienne chambre de Julie. De même, papa pouvait dormir dans mon lit, et en laissant la porte ouverte, il entendait si maman avait besoin. Après la mort de maman, papa est retourné dans sa chambre et moi, j'ai pas bougé. J'aimais encore moins le changement à cette époque-là qu'aujourd'hui, pis j'étais tranquille en bas. Comme la chaleur a tendance à monter, la chambre était moins chaude l'hiver mais d'un autre côté, le matin, papa faisait un gros feu et comme ma chambre se trouvait juste au ras le poêle, la chaleur m'arrivait vite. Ce qui fait que je m'endormais dans la chaleur et la nuit, je dormais bien dans l'air frais. Au petit matin, quand le grand froid me réveillait, papa était descendu et le poêle reparti, et je me rendormais pour un bout dans la chaleur du feu. Plus vieux, c'était moi qui me levais en premier et qui partais le poêle. Et quand papa descendait, la maison était réchauffée et ses douleurs du matin étaient moins grandes, rapport à son arthrite. Plus tard encore, après la mort de papa, je fermais le haut pour l'hiver. C'est pourquoi j'ai jamais eu idée d'y retourner dormir, dans la chambre du haut.

Un fois mon ancienne chambre prête et nettoyée, je suis passé à la chambre des vieux et là, j'ai eu toute une surprise... Je m'étais gréyé de l'ampoule la plus forte du magasin. Pis sitôt l'ampoule posée et la lumière allumée, je les ai vues. Les cartes postales, elles étaient pas cachées ni rien. Elles se trouvaient sur le mur à côté de la tête du lit. Bien en évidence. Papa les avait sûrement placées pour être en mesure de les admirer une fois couché. C'est étrange comment les choses se passent... Je m'aperçois qu'aux rares fois où je suis entré là, je voyais rien. Pis pas seulement rapport au manque d'éclairage... Probable que j'étais gêné d'être dans la chambre de mes vieux, comme si j'avais pas le droit de m'y trouver. Une chose interdite qui me rendait aveugle, faut croire. Par trois fois, j'étais entré là et par trois fois, j'avais pas remarqué les cartes. En tout cas, les cartes étaient devant moi maintenant. Pas de traces de photos de la petite Marie, par exemple. Rien sur le mur, pour sûr, et j'ai bien fouillé partout dans le restant de la chambre, sans résultat. D'autant qu'à part le lit pis le matelas, la chambre est vide d'un bout à l'autre.

J'ai détaché les cartes du mur avec toute la douceur dont j'étais capable, pour pas les briser en enlevant les clous. J'ai fait une pile dans le même ordre que les cartes étaient sur le mur, même si je savais qu'elles étaient sûrement datées. Pis je suis descendu et je me suis installé dehors pour les regarder. Louis était assis en train de lire les lettres de Julie, j'aurais pu lui dire tout de suite pour les cartes mais c'était loin d'être mon intention. J'ai fait le tour de la maison et je me suis installé en arrière. Et j'ai regardé les cartes une à la fois. J'avais gardé l'ordre pour cette raison-là, être capable de les contempler une à la suite de l'autre, sans le besoin de savoir lire les dates. La première devait montrer la grande ville de Paris. On y voyait une église géante, bien vieille, sur le bord de l'eau. J'ai retourné la carte et j'étais heureux de voir comment les écritures semblaient bien conservées. Étant donné que les écritures se trouvaient du bord du mur, la lumière les avait pas flétries comme le devant. Le devant, il était rendu pas mal pâle, mais pareil, on distinguait encore les images. La chambre des vieux a toujours été la plus sombre de la maison, et pour une fois, la chose semblait avoir servi.

La deuxième, probable, c'était Paris itou, mais j'en suis pas si certain. L'image montrait un grand parc, et des parcs, me semble qu'y peut y'en avoir n'importe où. Après, c'était une image avec des beaux bâtiments et beaucoup de décorations partout, c'était Noël. Encore une image avec une grosse rivière pis des ponts, pis après, la première carte qu'elle envoyait du Sud, je crois bien. On y voyait des montagnes. Toutes les autres après, c'était des belles images. Je les ai regardées sans savoir où c'était, mais en me disant que chacune était comme une année dans la vie de Julie. La dernière montrait la grande mer. Peut-être une image de ses dernières vacances ? Seulement du sable et de l'eau sur celle-là. Comme si avec sa mort, Julie revenait vers les Îles.

J'ai rangé les cartes bien précieusement. Et plusieurs jours d'affilée, je les ai ressorties et contemplées encore.

Le beau temps était revenu et j'aimais à m'asseoir dehors, regarder chacune des images et partir à rêver. À chaque fois, j'en prenais soin et je gardais l'ordre en les mettant dans un tiroir de ma chambre, bien enveloppées dans un linge propre.

Vers la fin août, j'étais encore assis à rêver en plein jour, en regardant les cartes, quand Louis est sorti de la maison et est venu me retrouver en arrière.

– J'voulais te dire, André, j'achève de lire les lettres. Pis là, j'ai réalisé que je t'avais pas encore lu la dernière lettre que Julie m'a écrite. Ça te dérangerait-tu d'attendre que j'aie fini les autres lettres avant ? Vu qu'y m'en reste pas pour longtemps encore.

– Y'a pas de trouble, certain que j'vais attendre. Tu l'sé, j'suis pas un gars pressé.

– Ok, j'vais t'prévenir en finissant.

J'ai rien dit à Louis. Je le laisse finir la lecture de ses lettres en paix. Mais par après, je vais lui demander de commencer par le début, par les cartes postales. De même, on va garder l'ordre où Julie a écrit, et on aura la lettre de Louis pour la fin. J'ai déjà assez de misère à suivre, me semble, il faudrait pas aller dans le désordre par-dessus le marché.

Pierre à Charles est passé dans le courant de la semaine et j'ai eu la tentation de lui montrer les cartes. Je me suis retenu. Pierre à Charles, il est pas mal plus jeune que moi et il connaît rien de Julie, à part mes dires. Ce serait pas correct rapport à Louis. J'ai pour mon dire que Louis à Edmond doit être le premier à savoir.

J'ai posé des questions à Pierre à Charles sur le film *Manon des sources* dont la jeune m'avait parlé. Pierre le connaissait :

– Moi, j'aime mieux le premier film : *Jean de Florette*. *Manon des sources*, c'é la suite. Tu peux pas regarder *Manon des sources* si t'as pas vu *Jean de Florette* avant. Ça serait commencer par la fin et malaisé à comprendre. Dans *Jean de Florette*, toutes les affaires importantes arrivent... après, c'é juste comme la conclusion. Pis c'é un p'tit peu trop à l'eau de rose à mon goût. C'é bon pareil, pis c'é des sacrés beaux paysages par là. Anyway, si tu veux les écouter, j'les ai les deux chez nous.

– Certain que j'voudrais les écouter... mais comme tu sé, j'ai pas la machine qu'y faut... j'ai même pas de télévision. Y faudrait que ce soit chez vous.

– T'auras juste à v'nir pendant une soirée de l'Âge d'or. Maman, elle en manque pas une, pis a veille tard à part ça... Des fois, a m'appelle pour r'venir, y'é passé une heure du matin ! T'auras amplement le temps d'écouter un film, tu pourras même les écouter les deux d'affilée si tu veux.

– Correct de même. J'peux-tu y aller samedi qui vient ?

– Certain, la seule affaire... y'a pas moyen de fumer dans la maison. J'ai idée que si tu veux, pis qu'y fait beau, on pourrait sortir la télévision, pis le lecteur, et s'installer au ras l'atelier. Ça fait un bout que ça m'dit de l'essayer. Qu'est-ce que t'en penses ?

– Correct pour moi, c'é vrai que ce s'rait plaisant de pouvoir fumer en écoutant les films.

On a décidé de faire comme tel et le samedi, Pierre est passé me prendre en revenant de conduire sa mère à l'Âge d'or. Pas longtemps après, on était installés dehors, au ras l'atelier, une cigarette au bec, à écouter *Jean de Florette*.

C'était dur à comprendre et j'en ai manqué des bouts. Quand *Jean de Florette* a fini, il était pas question de filer avec la Manon, j'étais brûlé. Je suis resté une bonne escousse à rien faire chez Pierre à Charles. On avait remis tout l'attirail des films à leur place dans la maison et retourné nos chaises pour regarder vers le large. On a jasé un brin du film. J'ai posé des questions sur les choses dures à comprendre pour moi et on est surtout restés à écouter le petit vent. La soirée était douce. De chez Pierre à Charles, la vue est bien belle. La maison est sur le flan des Demoiselles. De jour, on voit les champs en bas avec plein d'herbages et plus loin, les dunes jusqu'au goulet. Pis la baie et la mer en arrière. Là, comme on était en pleine nuit, on voyait rien, mis à part le reflet de la lune sur les premières vagues, celles qui touchent au sable. J'aime à me retrouver en hauteur de même. Comme si l'air d'en haut était meilleur pis que je m'allégeais à le respirer.

J'ai attendu avec Pierre jusqu'au téléphone de sa mère, pis je suis revenu à pied. J'avais envie de me dégourdir les jambes. Et marcher a fait monter des images. Le film a repassé dans ma tête. Des belles images. Des fois, Julie avec son berger s'y mélangeaient. Et malgré les dires de Pierre à Charles, j'avais hâte d'en voir la suite.

Le lendemain dimanche, comme c'était jour de repos, je l'ai passé comme tel. À traînasser sur La Grave. À m'asseoir dans les herbages et à somnoler. Le temps était juste comme je l'aime, avec beaucoup de gros nuages blancs qui se déplacent vite, et par à coups, le soleil qui perce. L'air reste frais et le vent est doux sur la peau. Mais le sable vole trop pour aller sur les dunes. C'est du temps de roches ou d'herbages. Et j'ai marché un grand bout en bas du cap. Avant, il y avait tout l'été une trâlée d'enfants de la place à se baigner là. L'eau y est plus chaude, et les roches ont jamais fait peur aux enfants. Ça a changé. Pour tout dire, des enfants, y'en a plus gros dans le canton. Par ici, une maison sur deux est devenue une maison de touristes et sur celles restant, y'en a pas beaucoup à être habitées par des familles. C'est pas non plus comme dans ma jeunesse avec huit, dix enfants par maison. Maintenant, deux enfants, c'est la normale et quand ils sont trois, ça devient une grosse famille. L'école du Havre est pas fermée pour rien. Une seule école à Bassin suffit. Il y en a plusieurs pour trouver la chose triste et à s'ennuyer des enfants. Mais il y a peut-être du bon à ressortir de là pareil... J'entendais du monde jaser sur La Grave, il y a une petite escousse, et je trouvais leur idée pas si folle. Ils disaient que comme l'eau douce est rendue rare aux Îles, le fait que les Îles soient de moins en moins habitées, en fin de compte, c'est peut-être moins dommageable. En plus, il y a moins de monde sur les Îles en hiver, mais comme le chauffage y est tout le temps polluant de quelque côté qu'on regarde, c'est pas une mauvaise affaire non plus. Une solution aux problèmes des Îles qui serait arrivée toute seule. Des fois, faut pas chercher trop loin. Même si pour sûr, maintenant, les hivers sont plus ennuyants ! Je me rappelle plus la dernière fois où j'ai vu assez d'enfants pour s'organiser une partie de hockey sur l'étang. Françoise, ma voisine, elle en parle souvent... Ça lui manque, qu'a dit, de plus voir une trâlée d'enfants à jouer dans l'eau ou à la balle. Pour sûr, moi, une gang d'enfants ensemble... j'ai pas de beaux souvenirs de quand j'étais petit gars pour m'en ennuyer.

Je suis retourné chez nous à la nuit tombée. Juste à l'heure de dormir. J'avais fait exprès de pas être autour de la maison de la journée. J'avais pas le goût de rencontrer Louis à Edmond. Sûr, maintenant, il avait terminé de lire ses lettres et il m'aurait demandé quand je voulais entendre la sienne. Et c'est peut-être difficile à comprendre pour quelqu'un, mais des fois, rapport aux choses qui demandent à être organisées pis réfléchies, un poids se dépose sur mes épaules. Je peux travailler une journée de douze heures ou marcher du lever au couchant sans sentir la fatigue, mais pour ce genre d'affaires-là, je peux me sentir trop fatigué même pour en parler. Rien faire ni rien penser de différent à l'habitude, c'est tout ce dont j'avais envie. Pis garder mon calme et ma lenteur au-travers les nouveautés. Sinon, je sais pas... je me sens déboussolé. J'arrive plus à me comprendre. Penser à rien. Tiens, juste la pensée de mes maquereaux pour une escousse.

Et chanceux comme je le suis, la nature s'accorde souvent avec mes vouloirs. Le temps va être au beau pour plusieurs jours et je vais devoir aller en pêche et faire mes livraisons, sans loisir pour le reste. Louis à Edmond le sait bien, je peux pas faire autre chose à cette période-ci de l'année, s'il y a beau temps. Toute la semaine, je vais retrouver mes habitudes. Et tranquillement, mes idées vont se remettre d'aplomb.

Arrivé au vendredi, le vent s'est levé. Et en soirée, j'me suis rendu écouter de la musique sur La Grave. Je pouvais me coucher tard, je savais bien que le lendemain samedi, la mer serait trop grosse pour sortir en pêche. Pis au matin, comme de fait, la mer était pas de bonne humeur pantoute et il mouillassait. Pour sûr, c'était un vent chaud qui empêche pas de prendre des marches. D'un autre côté, rester en dedans au sec, c'était loin d'être déplaisant. Vers la fin de l'avant-midi, Louis est arrivé à la porte pendant une accalmie, quasiment en même temps que le soleil qui se montrait lui itou. Je l'ai pas vu venir. J'écoutais la Jorane en regardant vers le large. La Jorane, sa musique t'amène pas trop loin, pas au point où t'aurais de la misère à en revenir. Au contraire, sa musique te rend léger comme elle, et ouvert à n'importe quoi. Comme une belle petite brise douce au matin qui te met un sourire sur la face pis te rend de bonne humeur. J'étais fin prêt pour les cartes postales. Louis à Edmond s'est assis au ras la porte, comme si y voulait pas déranger.

– J'ai amené la lettre de Julie, s'rais-tu d'accord à ce que j'te la lise ?

– Oué pis non. Faut que j't'explique des affaires avant. Pour commencer, voudrais-tu un café ? J'm'en allais justement en r'faire.

– Ok, si t'étais pour en r'faire, j'vais t'accompagner.

Et là, je me suis attelé à mon café, sans parler. Comme je l'ai déjà dit, j'ai besoin de toute ma tête pour y arriver. D'autant que j'aime pas à faire deux choses à la fois. Comme si y fallait toujours aller vite dans la vie. Je me demande bien pourquoi ? Moi, j'aime à prendre mon temps... Ça aussi, je l'ai déjà dit. Mais je le dis encore. Une autre affaire, tiens, je me répète, et j'aime à me répéter. Je suis le fou du canton, faut bien que ça me serve à quelque chose ! Je peux me permettre plus d'extravagances que le restant du monde. J'ai rien à prouver, bien au contraire. La folie me donne des libertés et je serais fou de pas en profiter.

Pendant que le café montait, Louis à Edmond a parlé, probable de la température, du temps prévu pour les prochains jours... je l'écoutais pas. *Encore des paroles pour occuper le temps, le faire passer plus vite comme on dit. Moi, j'aime bien à le voir passer, le temps. Le sentir là.* C'est seulement une fois le café servi que je lui ai dit pour les cartes : « Avant de me lire la lettre, y va falloir que tu me lises autre chose... C'é des cartes postales que Julie a écrites, pis que je viens juste de r'trouver. »

Là, Louis à Edmond, y me regardait avec des grands yeux et la bouche ouverte.

– Mautadit ! C'é-tu assez fou... J'savais que Julie avait envoyé des cartes, mais ça m'ait sorti de l'idée. Faut dire, j'aurais été mal placé pour te d'mander à les voir... vu que j'pouvais pas t'parler de Julie. Pis j'avais jamais pensé qu'elle avait écrit des affaires dessus. Elle en parle dans sa lettre, mais moi, j'avais juste cru à des images envoyées à ton père, vu qu'y savait pas lire. Pourtant, ça a bien du bon sens ! Tant qu'à envoyer des cartes postales, aussi bien écrire dessus. Pis on sait jamais, ton père aurait pu demander à quèqu'un de lui lire...

Avant de lui donner les cartes, je me suis dit que je lui devais peut-être une couple de mots en plus, pour expliquer.

– Toute l'affaire est longue à conter. La Jeune en a appris un long bout sur Julie pendant son voyage dans les vieux pays. Elle a rencontré la grande amie de Julie, Angèle qu'a s'appelle. C'est par Angèle qu'on a su que Julie avait envoyé des cartes postales tout le long de son vivant. Pis moi, j'ai finalement trouvé ces cartes-là dans la chambre de papa. Elles étaient bien en évidence y'a pas à dire, mais je les avais jamais vues. Mais là, j't'raconterai pas tout ça... le mieux, avant de m'lire les cartes, tu devrais p't-être écouter la cassette d'Angèle... Elle raconte Julie du temps qu'a vivait en France. La Jeune l'a enregistrée pour moi, pour que j'puisse la réécouter autant comme autant. J'vais la mettre pis on l'arrêtera à chaque fois que y'aura une affaire difficile à comprendre. C'é-tu correct ?

Il m'a fait un signe pour dire oui et je lui ai mis la cassette. Je l'ai arrêtée bien des fois. On a pris notre temps. Vers la fin de l'après-midi, l'histoire était bouclée. Pis on a regardé les cartes ensemble. Louis a vérifié l'ordre et on a décidé d'attendre pour les lire. Je le voyais bien, Louis en avait assez pour la journée. Louis à Edmond, il est un peu comme moi, il est pas habitué à ce que les affaires se passent vite. Et comme de fait, le lendemain, Louis à Edmond s'est pas montré. J'ai l'idée que c'était trop pour lui d'un coup. Il voulait sûrement ralentir un brin et moi, j'ai rien contre. J'ai eu la visite de Pierre à Charles et encore une fois, j'ai eu envie de lui demander de me lire les cartes, mais je me suis retenu.

On s'est installés au dehors, face au large, et on a écouté monsieur Mozart sans parler. Une journée sans vent où la nature dit pas mot, faut pas la troubler avec du jacassage. Les gens ont tendance à penser qu'il vente tout le temps sur les Îles. En vrai, les journées où il y a pas une haleine de vent, il y en a de temps en temps. Des journées où on a l'impression d'attendre quelque chose. Des journées où il faut pas parler fort. Où il faudrait peut-être pas parler pantoute. Quoique, je dis ça, c'est de cette façon-là que je le vis, mais c'est pas toute la nature qui pense comme moi. Les corbeaux, eux, c'est tout le contraire. On dirait qu'ils en profitent pour faire leur réunion annuelle. Et toute l'assemblée semble pas s'accorder, y a toujours de la chicane. Bien d'adon que les corbeaux se tiennent pas souvent au proche de ma maison et si la chose arrive, la musique les fait déguerpir. Les corbeaux sont pas des grands amateurs de musique, on dirait. Ou en tout cas, celle que j'écoute semble pas dans leurs goûts.

Avant que Pierre reparte, je me suis ouvert à lui d'une affaire qui me chicotait depuis un bout. Je voulais savoir si la chose serait possible de percer une porte à l'arrière. Une porte qui donnerait direct au large, sans le besoin de faire le tour de la maison pour s'y asseoir. Parce que même si c'est drôle, c'est malcommode de devoir passer les affaires par le châssis. Pierre s'est levé sans rien dire et y s'est mis à taponner le mur. Après pas long, il s'est retourné de mon bord avec un grand sourire.

– Ça sera pas bien compliqué vu que y'a déjà eu une porte de percée là. Pis t'es vraiment chanceux comme un quêteux... C't'automne, j'ai deux maisons à travailler, pis pour sûr, c'est tout l'temps pareil, y veulent que j'change toutes les portes pis les châssis pour les remplacer par du neuf qu'y font venir d'en dehors. Certain qu'y va y avoir des portes encore bonnes que je vais pouvoir te garder. Tu vas juste avoir à payer le bois pour le cadrage et l'assise, mais ce sera pas un gros montant. Par exemple, j'pourrai pas te faire ça avant novembre, p't-être même décembre. C'qui fait que tu vas avoir une porte pis y va te falloir la condamner pour l'hiver aussi vite... Du moins, tu s'ras prêt pour le printemps prochain.

– J'suis pas pressé pantoute. C'é parfait de même pour moi. Y'a-tu quèque chose que j'pourrais faire pour avancer l'ouvrage un brin ?

– C'é certain que tant qu'à faire d'avoir une porte qui donne au large, ça serait plaisant que la porte donne sur une galerie qui f'rait toute la longueur de ta maison. Pis ça, pour sûr, tu pourrais le faire tout seul si j't'montre comment. Mais y t'faudrait du bois, des clous pis des pieux en métal itou... J'crois pas me tromper en disant que t'as sûrement pas l'argent pour acheter c'qui faut ?

– Non, tu t'trompes pas en toute. J'ai p't-être assez pour le cadrage de la porte mais pour la galerie, j'ai pas l'argent certain. D'autant que je dois m'en garder pour passer l'hiver.

– Bon, laisse-moi jongler à ça. J'ai p't-être une job pour toi pour que tu gagnes l'argent qu'y t'faut... On se r'voit-tu samedi pour regarder *Manon des sources* ?

– Oué, oué, pour sûr... si la température est d'notre bord.

La semaine a passé sans que Louis à Edmond se montre. La pêche, les livraisons, rien de spécial pour changer ma routine. Une semaine pour sûr dans mes goûts par les temps qui courent. Un show sur La Grave que j'ai écouté juste d'une oreille, le son des vagues occupant l'autre. Au Café, il y a eu des joueurs de piano pis des chanteurs comme de coutume, mais rien pour marquer les mémoires. Une petite pluie dans le milieu de la semaine et samedi soir était là.

Les choses se sont passées tout pareil à la première fois. Et contrairement à Pierre à Charles, j'ai autant aimé ce film-là que le premier. Faut dire, j'en vois pas gros, des films, ça me rend moins difficile. Et je saisis pas toutes les nuances à cause de mon ignorance, même si Pierre m'explique des mots. C'est pas tout de comprendre les mots pour bien saisir une histoire. Des fois, on a rien besoin de dire et on se comprend, c'est la preuve que les mots font pas tout. On venait juste de remettre la télévision et le reste à l'intérieur quand la mère de Pierre a téléphoné. La soirée s'est terminée là. Je suis retourné chez nous en marchant pas vite, l'air était bon. Et une fois arrivé, je me suis assis en arrière pour fumer une cigarette avant d'aller me coucher.

Le lendemain dimanche, Louis à Edmond est arrivé au début de la matinée. J'ai fait du café et je lui ai demandé si on pouvait s'installer dehors. L'air bougeait pas et j'avais envie d'en profiter un brin. Louis bougonnait, mais on a fait comme tel. J'ai placé nos tasses sur la petite table et je suis retourné chercher les cartes.

— Tu vas voir que c'é pas trop long à lire, des cartes postales. La première est écrite de Paris, pis a dit : Je vais bien...

— Non, Louis, j'veux pas que tu fasses comme ça.

— Mais je viens juste de commencer !

— J'sé pas lire, mais suis pas innocent pour autant. J'ai vu, y'a plusieurs p'tits écritures avant qu'a commence à parler. J'veux que tu me dises tout c'qu'y a sur la carte comme si j'étais capable de la lire par moi-même.

— Ok, excuse-moi, j'comprends c'que tu veux, je r'commence. D'abord, c'est adressé à :

Madame Marie Lapierre
B.P. 28 Chemin de la Pointe-à-Marichite
Havre-Aubert, Îles de la Madeleine, P. Qué
G0B 1J0

— Ça c'é sur le côté droit, pis sur la gauche, c'é la lettre. J'te la lis sans passer un mot.

Bonjour maman,   *Paris, 15 novembre 1968*

*Je vais bien, ne t'inquiète pas. Je m'excuse pour ma der-
nière lettre. Mes propos étaient excessifs. La vie n'est pas
figée comme dans une pièce de théâtre. Je réapprends doucement à vivre avec la mort d'Yvon et je revois de la beauté
autour de moi. Je travaille dans une boulangerie et cela
m'aide d'être en contact avec la simplicité des choses. C'est
un des rares endroits à Paris où les gens sourient! Et ces
sourires me font un bien fou. Je ne sais pas encore comment
recevoir du courrier, je vais me renseigner, et je te réécris
sous peu. Je vous aime tous très fort,*

Julie, xxx

   – xxx : ça veut dire becs, becs, becs. Tout le monde
écrit ça à la fin des lettres, souvent ça veut pas dire grand-
chose... là, j'ai pour mon dire qu'y voulaient dire de quoi.
   – Tabarouette... c'é court!
   – C'é sûr, y'a pas grand place pour des discours, pis
j'm'arrache pourtant les yeux à lire tellement c'é écrit
p'tit. J'continue?
   Je lui ai tendu une autre carte. Dessus, on voyait un
grand jardin avec un lac et des statues.
   – Bon, ben, c'é envoyé à la même adresse, j'ai pas
besoin de t'la relire, j'imagine? Pis à gauche, ça y va
comme suit :

Bonjour maman,   *Paris, 28 novembre 1968*

*Hier, j'ai rencontré un réalisateur, monsieur Boulan-
ger. Je tombe bien, il débute un tournage en début d'année*

et j'y tiendrai un petit rôle. J'ai cependant renoncé à contacter la troupe de théâtre que l'on m'avait référée. Les Parisiens me font trop peur pour vouloir monter sur scène. Paris est extrêmement froid, je gèle plus ici que durant l'hiver à Montréal. Mais mon moral va de mieux en mieux. J'ai trouvé une petite salle de quartier pour le cinéma et j'y vais souvent, la salle est bien chauffée ! Je te laisse mon adresse. J'espère que tout le monde se porte bien à la maison.

Julie, xxx
5 Tolbiac, Paris 13ᵉ, 75 France

Avant qu'y recommence à parler, je lui ai tendu une autre carte. Dessus, on voyait une rue illuminée de lumières de Noël. Je voulais lui faire signe de lire pis je me suis ravisé, une idée venait de me passer par la tête.

— Écoute voir, Louis, sais-tu c'é quoi, toi, les images sur les cartes de Julie ? Moi, ça me dit rien mais c'é sûrement connu, peut-être que tu les connais, ces places-là ?

— J'suis vraiment niaiseux, j'm'excuse. Pour sûr que j'le sé c'qu'on voit, mais en plus, c'é écrit noir sur blanc, pis j'te l'ai pas lu comme tu me l'avais demandé. Bon, j'me r'prends d'abord. La première, c'était Notre-Dame de Paris, pis la deuxième...

— Non, arrête-toi. Eh qu'on a de la misère à s'comprendre ! Tu vas trop vite. C'é quoi ça, Notre-Dame de Paris ?

— Ok. Notre-Dame de Paris, c'é une cathédrale. C'é vieux... ça date du Moyen Âge. Y'a un grand écrivain, Victor Hugo, qu'a écrit une histoire qui s'y passe, pis je l'ai lu, ce livre-là. J'crois bien que c'é le bâtiment le plus connu de Paris. C'é sur le bord de la Seine. Euh... la Seine, c'é un fleuve qui traverse Paris.

– T'en sé des affaires, comment c'é faire que tu sais tout ça ?

– C'é super connu. Faut dire que quand j'étais jeune, j'avais toujours le nez dans les livres, pis y'a bien souvent des histoires qui se passent à Paris. C'est même comme ça qu'on est devenus amis, ta sœur pis moi, on était tout le temps à la bibliothèque, à emprunter des livres. Pis à la p'tite école, comme on était pas mal les seuls à y aller, on a fini par se parler. Au secondaire, l'histoire a continué, on a tout lu c'qui s'y trouvait malgré que la bibliothèque soit pas mal plus grande. J'me rappelle, on achalait tout le temps la bibliothécaire pour qu'a commande des nouveaux livres. Ça fait longtemps d'ça... j'lis plus pantoute asteure. Mais pareil, j'me rappelle des affaires que j'ai lues.

(...) Sur la deuxième carte, c'é le Jardin du Luxembourg. Ça aussi c'é connu. C'é surtout l'étang rond au milieu qui le rend reconnaissable par rapport aux autres parcs. Si tu regardes bien, on voit des petits voiliers dessus. Depuis longtemps, les enfants, pis des fois des adultes, y s'amusent à y faire voguer des petits bateaux. C'é un parc bien populaire pour les amoureux itou pis plusieurs chansons en parlent... Tu vois, même dans les chansons, on entend parler de Paris.

(...) Pis là, c'te carte-ci, j'aurais pas été en mesure de l'dire si c'était pas écrit... c'é les Champs-Élysées, décorés pour Noël. C'é bien connu aussi mais c'é un endroit pour les riches. J'peux-tu continuer asteure ?

Je lui ai fait signe que oui, et il a tourné aussitôt la carte de bord.

Bonjour Maman,   *Paris, 17 décembre 1968*

Je m'étonne de ne pas recevoir de nouvelles, peut-être n'as-tu pas reçu ma carte ? Je te redonne mon adresse. Paris s'est mise en beauté pour les Fêtes. Les gens sont plus souriants et la boulangerie est chaude et agréable. J'y travaille beaucoup pour permettre aux autres de passer du temps en famille. Je suis heureuse d'être utile. Dans les rues, il y a une fine couche de neige, c'est joli. Je commence à très bien connaître la ville. Des vestiges des manifestations du printemps sont encore visibles dans certains secteurs. Passez de belles fêtes, je vous aime,

Julie, xxx

– Et là, elle réécrit la même adresse que la dernière fois. Pis j'te l'jure, y'a rien d'autre d'écrit sur toute la carte. Mais pour t'aider à comprendre comment Julie a vivait à Paris, j'peux t'expliquer une couple d'affaires... En premier, y faut que j'te dise que les Français, c'é des mangeurs de pains. Ils s'achètent un pain frais à chaque jour au minimum. C'qui fait que les boulangeries, Fêtes pas Fêtes, c'é toujours ouvert pis y'a tout l'temps de l'activité. Pis j'imagine qu'en plus, y doivent faire toutes sortes de pâtisseries spéciales pour le temps des Fêtes, et ça doit être encore plus occupé qu'à l'accoutumé. L'autre chose que j'peux t'dire, c'é que par là, les maisons sont pas construites comme par ici pour se protéger du frète, pis ça devait être encore pire à l'époque où Julie vivait là, ce qui fait que l'hiver, les gens gèlent souvent bien plus que par ici, même si c'é moins froid. C'é pour cette raison-là que la boulangerie était si agréable, chaude et pleine d'activités, comme a dit.

– Merci, Louis, de toutes tes explications... Mautadit, j'suis content! On commence à se comprendre. De quoi Julie parle, avec les manifestations?

– C'é à cause de Mai '68. Ça a brassé gros à c'te moment-là en France. Un peu comme les manifs étudiantes à Montréal, mais encore plus gros, vu que y'a pas mal plus de monde par là, pis y'a eu encore plus de grabuge. Pis ça a apporté bien des changements itou. C'est quèque chose qu'a marqué les mémoires...

– Bon, ben, ça va trop bien pour arrêter asteure. Lis-en une autre...

Je lui ai tendu une nouvelle carte en faisant le fou, Louis aussi commençait à s'amuser. Sur cette carte-là, on voyait des ponts au-dessus d'un cours d'eau et, sur la rive, bien de la verdure.

– C'é écrit: *L'Île de la Cité, vue du pont des Arts.* L'Île de la Cité, c'é sur cette île-là que se trouve Notre-Dame. Si on traversait le pont, on arriverait au Louvre. Le Louvre, c'é un musée, un musée tellement grand qu'y faut s'y rendre au moins durant une semaine pour visiter toutes les salles. J'imagine que ça doit être un des plus grands musées du monde. On voit aussi deux autres ponts mais j'suis pas certain de leurs noms, le premier c'é peut-être le Pont Neuf? C'é drôle qu'y s'appelle le Pont Neuf, j'imagine que c'é parce qu'y était neuf à l'époque, là, c'é le plus vieux pont de Paris...

Bonjour maman,   *Paris, 15 janvier 1969*

Toujours sans nouvelles des Îles et comme j'ai reçu une lettre de Mireille, je sais que mon adresse fonctionne. Je te la redonne, au cas où mes cartes précédentes se seraient perdues, mais j'ai le sentiment que quelque chose ne va pas... je m'inquiète. Et je continue à espérer qu'il y a une autre raison, moins grave, que celle à laquelle je pense et qui me fait très peur. Je quitte Paris en février pour le début du tournage. Mais j'aurai l'occasion de revenir de temps en temps, prendre mon courrier. La boulangerie va me manquer, mais j'ai très hâte de m'évader de Paris. Nous débutons par la Bretagne, je vais revoir la mer. Des bonjours à tous, je vous embrasse,

Julie, xxx

— Qu'est-ce que t'en penses ? On arrête ici ou ben donc on continue ?

Il posait la question tout en me regardant d'une manière où c'était bien facile à voir que lui voulait continuer.

— Moi, j'irais pour une dernière... Vu la photo, c'é sûrement sa rencontre avec Antoine, le berger.

— La Provence... c'é dans le Sud de la France. La végétation est spéciale là, y'a toutes les herbes qu'on utilise pour cuisiner qui y poussent à l'état sauvage ; le thym, le romarin, la sauge... C'que tu vois sur le devant, c'é de l'aloès, tu sais, on s'en sert quand on a une brûlure ou des piqûres... C'é un climat sec par là...

— Je l'ai appris en regardant *Jean de Florette* et *Manon des sources*... les as-tu vus ?

– Oué, c'é bon. Y'en a deux autres itou que j'ai beaucoup aimés pis qui se passent à peu près dans le même coin, j'pense. Ça s'appelle : *La gloire de mon père*, pis *Le château de ma mère*. Si t'as l'occasion de les voir, manque pas ça, pis en plus, c'é plus gai que les deux autres. Bon, ben, maintenant, j'te lis la carte :

Bonjour maman,   *Saorge, 8 juin 1969*

J'ai trouvé où je veux vivre et l'homme avec lequel je passerai le reste de ma vie. Ces affirmations doivent paraître stupides, pourtant, j'en suis assurée autant que je sais qu'il s'est passé quelque chose de très grave à la maison. J'enverrai mes cartes quand même, grâce aux images, papa aura de mes nouvelles. Il comprendra que je pense à la famille. Je vous aime, malgré mon départ et la distance. Voici ma nouvelle adresse, au cas où papa se déciderait à faire lire mes cartes, et même si je sais bien qu'il ne le fera pas. Je vis loin des villes, au milieu des montagnes, dans une nature superbe. Je vais être heureuse ici, avec Antoine. Je vous embrasse,

Julie, xxx
43 rue des Tourtes, 06 Saorge, France

– C'é drôle pareil... avoir trouvé les cartes avant, ça aurait simplifié les recherches de la Jeune. Quoique comme tu m'as conté, j'ai dans l'idée qu'a l'a pas haï en toute son voyage en Bretagne. T'es certain que tu veux que j'arrête ? J'sais pas comment tu fais pour pas être plus curieux.

– Ça fait des semaines que j'ai les cartes en main...
pis j'attendais. Sûr, j'suis curieux, et j'avais hâte, mais
justement, faut savoir étirer son plaisir. J'vais te conter
quèq'chose... Un moment donné, y'a Pierre à Charles
qu'est arrivé ici avec deux cigares de Cuba. Il les avait
reçus en cadeau d'Edgé à Paul, mais Pierre, y'aime pas
ça, les cigares, pis c'é moi qu'en a hérité. J'avais jamais
rien fumé de bon d'même... incroyable c'te goût-là.
C'était doux pis ça sentait bon... Après le premier, j'ai
pas été capable de m'arrêter, et j'ai fumé le deuxième à la
suite. Y'était bon, mais un peu moins que le premier, ça
commençait à faire trop. Surtout... crois-tu pas que le
lendemain, je r'grettais pas mon coup ? Pour sûr, si j'avais
pu me r'tenir pis attendre, le deuxième, y'aurait été un
délice, tout comme le premier. P't-être même que je l'aurais trouvé encore meilleur que l'autre... Je lui ai quand
même tendu une nouvelle carte en lui disant que celle-là,
par exemple, ce serait la dernière pour aujourd'hui.

– C'é Marseille qu'on voit là. Le port. Le port de
Marseille, c'é gros. Apparence que Marseille, c'é une ville
assez dangereuse, mais d'après le P'tit Paul, c'é surtout
parce que y'a beaucoup d'étrangers qui vivent là ou qui
y passent. Pis les touristes, y'ont peur de voir autant de
couleurs... Lui, faut dire, y'a vu les ports de bien des villes,
ça fait que Marseille, ça l'énerve pas gros. Ça veut pas
dire que nous autres, ça nous paraîtrait tranquille...

– Tu crois pas que nous autres, au contraire du P'tit
Paul, y'a pas grand place qui nous f'rait pas peur ?

– Oué, on s'rait pas les meilleurs juges, c'é certain !
Paraîtrait que c'é bien beau de voir autant de bateaux
dans le port, en tout cas. Pis y'a beaucoup d'Arabes pis

ça fait que la cuisine est bonne. Heille, eux y cuisinent bien, les Arabes ! As-tu déjà mangé ça, toi, du couscous ? La Jeune, y'a toujours un jour où a l'en fait, à chacune de ses visites aux Îles. Encore ce coup-ci, elle en a fait un chez Sylvie. J'manquerais pas le couscous de la Jeune pour tout l'or du monde... Bon, ben, j'te lis la carte asteure.

Bonjour maman,   *Marseille, 31 mai 1970*

Depuis un an, c'est ma première sortie en dehors des montagnes. Je suis devenue bergère et je vis dans une toute petite maison avec Antoine, retirée du monde et heureuse. Mon amie Angèle se rend à Marseille le jour de la Fête des mères, et j'ai décidé que je ferai à chaque fois le voyage avec elle. Ma vie ressemble à quand j'étais petite aux Îles. J'ai échangé la mer contre les montagnes. Mais la mer n'est pas si loin. Pendant que j'écris, je la vois juste devant. Je suis au café Chez Jeannot, dans une petite anse remplie de barques de pêcheurs. Et même si Marseille est une très grande ville, ici, dans le Vallon-des-Auffes, je suis au calme. Comme sur un quai des Îles. Je vous aime,

Julie, xxx

— C'é plaisant à entendre, ça. Mais là, on arrête. En plus, y'é grand temps, le vent commence à se l'ver pis on va s'faire prendre par la pluie si on s'obstine trop. Viens faire ton tour demain pour la suite.

— Ok d'abord. Bon, j'vais y'aller avant qu'la pluie prenne.

Une fois Louis parti, j'ai fait au plus vite pour ramasser tout ce qui traînait autour. Le vent prenait de plus en plus de force et les choses allaient s'envoler dans pas long. Après avoir fait le tour de la maison, je me suis dirigé vers la boulangerie, m'assurer que Marie-Louise avait rien au dehors de pas attaché. Au magasin, tout était beau, mais à sa maison, qu'elle loue durant l'été, plusieurs meubles allaient se briser à coup sûr. J'avais pas envie d'entrer parler aux touristes, et je suis allé au magasin prévenir Marie-Louise.

– Mautadit, André, t'as bien raison ! Peux-tu m'aider à rentrer les affaires ? J'vais mettre une pancarte dans la porte pour avertir que je r'viens dans pas long.

– J'aurais bien fait ça tout seul mais j'voulais pas risquer de faire peur à tes touristes.

– Faire peur à mes touristes... qu'est-ce que tu dis là, André ?

– Si je m'étais mis à déplacer les affaires autour de la maison, avec mon allure... tu crois pas que ce monde-là aurait pris peur ?

– Franchement, j'pense pas, on est en plein jour... Mais là, faut arrêter de jacasser pis y aller.

Du moment qu'on est arrivés dans la cour, on a entendu un châssis de la maison se refermer et un homme est sorti pour nous aider avec les meubles, tout en s'informant des vents et de ce à quoi on s'attendait. Il venait de prendre la météo et des vents de 60 kilomètres à l'heure étaient prévus avec des rafales à 80. Il voulait surtout savoir ce que ça donnait, des vents de cette force-là aux Îles, dans un endroit sans arbre et sans autre obstacle pour résister. C'est Marie-Louise qu'a répondu.

– Y'a rien de spécial à prévoir une fois que toute est en sécurité. Vu que y'a pas d'arbres, pour sûr, ça coupe pas le vent, mais vous risquez pas de r'cevoir une branche par la tête en marchant dehors. Les gens de par ici sont habitués, et la majorité des choses sont attachées en permanence. Même les enfants peuvent sortir dehors et s'amuser à marcher contre le vent si ça leur tente. On jouait à ça quand on était petit. C'é la nuit par exemple que c'é plate, bien dur de dormir avec des vents d'même... Pis pour sûr, la plage, c'é pas une bonne idée, à moins de vouloir se faire fouetter pis d'aimer à avoir du sable dans les yeux...

J'ai laissé Marie-Louise parler avec son locataire et je me suis rendu à la mer. Du côté des caps, pour marcher sur les galets. Y'a pas grand-chose que j'aime autant que de marcher par gros temps sur le bord de l'eau. La mer déchaînée est belle à voir. Et à entendre itou... Je suis d'abord allé voir à mon doré [13] et lui mettre une bâche que je garde cachée dans les herbages pour ces occasions-là. En revenant, Rita était dehors à contempler la mer, pour sûr, toutes ses affaires à l'abri. Elle m'a fait un signe de la main pour que je m'approche. Le temps que j'arrive, elle avait eu le temps d'entrer et de sortir de la maison, et elle avait une cassette à la main. « J'ai fait du ménage cette semaine, pis Pierre m'a dit que t'aimais la musique classique et j'ai trouvé ça, au fond d'une boîte. Moi, j'ai même plus de machine pour l'écouter... » Elle m'a dit que c'était d'un compositeur du nom de Chopin. Des airs russes. Je l'ai remerciée et j'ai continué ma marche.

---

13. Doré : déformation de *doris* : embarcation développée à Terre-Neuve pour la pêche à la morue.

La pluie m'a attrapé après pas long. Je me suis pas mis à marcher plus vite pour autant. Ce qui fait que j'étais détrempé bord en bord en revenant chez nous.

Monsieur Chopin, c'est pas comme monsieur Mozart, mais c'est une musique joyeuse, plaisante à écouter. J'étais bien avec cette musique-là. Des fois, la pluie venait claquer sur les vitres et rajoutait sa musique au morceau.

Au matin, le vent avait déjà commencé à faiblir. Pareil, la mer resterait agitée pour une couple de jours, trop pour être en mesure de sortir en pêche. Je me suis fait un café et j'ai attendu la visite de Louis à Edmond, j'avais hâte d'entendre la suite. J'ai pas eu à attendre longtemps. Pourtant, Louis à Edmond, c'est loin d'être un lève-tôt. À preuve que les cartes devaient lui tenir à cœur. En entrant, il a voulu faire comme à son habitude et s'asseoir au ras la porte, mais je lui ai fait signe de prendre la chaise près du poêle. J'avais installé la petite table juste à côté et dessus, les cartes étaient là, à attendre. Avec une lampe itou, pour bien les voir. Et je lui ai servi un café.

– Bon, ben, j'commence... Ah ben ! C'é différent ce coup-ci... Julie doit avoir mis sa carte dans une enveloppe... a l'a pris tout l'espace de la carte pour écrire. C'é une bonne idée, ça y donne plus de place pis c'é écrit un peu moins p'tit que sur les autres. C'é écrit : *Marseille, les Calanques.* J'connais pas ça, les Calanques, j'peux pas te renseigner. J'pourrai demander à la Jeune la prochaine fois qu'elle appelle.

Bonjour maman,   *Marseille, 6 juin 1971*

La journée est très chaude, et après trois heures en voiture, nous sommes passés nous rafraîchir dans les Calanques, près de Marseille. Un lieu incroyablement beau et très sauvage. Il faut dire que pour les gens du Sud, ce n'est pas encore la saison de la baignade, la mer est bien trop froide pour eux. Ensuite, Angèle m'a déposée au café Chez Jeannot et elle viendra me rejoindre sur le port, en fin de journée. Je vais profiter de ma visite pour faire des achats au marché. Mais d'abord, je ferai une longue marche sur le bord de la corniche, avec le vent de la mer, il y fait moins chaud et on peut voir passer tous les bateaux qui entrent dans le port. Je vais manger des sardines grillées ce midi et de la daurade pour le souper. Dans les montagnes, il y a rarement du poisson, alors ici, je me régale ! La vie est belle avec Antoine et je suis très heureuse. J'ai pensé à mettre mes cartes dans une enveloppe, j'aurai ainsi plus d'espace pour écrire, à l'avenir. Je vous embrasse tous,

Julie, xxx

– C'é l'fun, a peut en dire pas mal plus long. Une chance que papa a ouvert l'enveloppe ! J'imagine que la carte devait se voir au travers.

En disant ça, j'ai fait signe à Louis d'attendre, le temps de nous servir le restant du café. Sur la carte d'après, on voyait une trâlée de bateaux, pis des tables et des chaises au ras l'eau.

– C'é juste écrit Marseille. Ça a l'air d'une ville plaisante. J'aimerais ça, moi, m'asseoir sur le bord de l'eau à boire une bière en r'gardant les gros bateaux qui rentrent dans le port...

– Me semble... Tu s'rais même trop gêné pour te commander une bière... Pis je t'imagine pas non plus à te prélasser au soleil avec plein d'monde au ras toi.

– Oué, t'as raison pour sûr. D'autant que j'suis pas fort sur la chaleur pis que les Français, j'les trouve encore plus gênants que le restant des étrangers. Anyway, j'disais ça de même. J'suis tranquille ici, pis j'peux aller sur le bord de l'eau autant que j'veux. Bon, ben, j'continue...

Bonjour maman,   *Marseille, 28 mai 1972*

Sur la photo, on voit le Café de la Marine où Angèle vient me prendre à la fin de la journée. C'est sur la droite, l'auvent jaune. Je m'assois dehors à la table la plus près de la mer. Je peux y passer plusieurs heures parfois à l'attendre, sans m'ennuyer. J'adore regarder les bateaux qui passent, il y en a de toutes sortes. Aujourd'hui, je vais me baigner à la plage des Catalans, c'est une plage en plein cœur de la ville. Plus tard, cet été, je vais retourner à la mer avec Angèle et son amoureux. Antoine a promis de venir aussi, ce sera sa première sortie en dehors des montagnes et de Saorge depuis qu'il s'y est installé. La même année où moi j'arrivais à Montréal. Je vous embrasse tous, à l'an prochain,

Julie, xxx.

– À l'an prochain... C'é clair qu'a s'attend plus à r'cevoir de nouvelles. C'é drôle pareil qu'a continue d'adresser ses lettres à ta mère. Me semble, moi, j'les aurais adressées à ton père en me disant que p't-être bien, y d'manderait à quelqu'un d'les lire pour lui.

– J'suis pas d'accord avec toi. Julie, c'é à maman qu'elle écrit, qu'a soit vivante ou morte, y'a pas de différence. Pour Julie, j'pense, maman c'était la famille au grand complet, pas juste maman. Pis a savait que papa se f'rait pas lire les cartes. Papa, ça le mettait en maudit quand maman devait lui lire des affaires. Il haïssait ça, de pas savoir lire. Pis y'aimait pas à voir de livres dans la maison, y'était jaloux de maman pour ça. Pour sûr, y'aurait jamais passé sur son orgueil pour se faire lire les cartes. Mais regarder les images, y pouvait. Et c'é pour lui que Julie envoyait des cartes postales à la place d'envoyer des lettres. C'qu'a l'écrivait, quand on y pense, c'était p't-être plus pour elle, le temps de penser à nous autres, une fois par année.

– Ça a ben de l'allure, ton affaire. Mais me semble, moi, j'aurais été trop curieux pour pas vouloir savoir c'qu'était écrit dessus.

– Toi, tu sais lire, tu peux pas comprendre comment on pense, quand on sait pas. Envoye, continue.

– Ok, ok... Sur celle-là, c'é écrit : Marseille et ses plages.

Bonjour maman,   *Marseille, 27 mai 1973*

Sur la carte, on voit la plage Le prophète. Angèle m'y a déposée ce matin et j'ai marché ensuite en longeant la mer jusqu'au café Chez Jeannot. L'an dernier, je suis descendue à la mer à quelques reprises, à Villefranche, et Antoine m'a accompagnée une fois. Antoine a connu un grand malheur dans sa vie et il s'était réfugié dans les montagnes. Je suis heureuse que notre amour le ramène vers les gens et la vie. Il a maintenant des amis au village. Cet été, nous allons installer un système pour chauffer l'eau de notre citerne. Le vieil Arnold va nous aider. Notre maison devient de

plus en plus agréable. Il pleut souvent dans les montagnes
mais à chacune de mes visites à Marseille, le soleil est au
rendez-vous. Aujourd'hui encore, ça ne fait pas défaut! Je
vous embrasse,

Julie, xxx

    – Ah, ben! A dit qu'y mouille souvent dans les montagnes, ça, c'é pas comme dans les vues que j'ai r'gardées chez Pierre à Charles. Ça doit pas être dans le même boute parce que dans les films, le manque d'eau était la cause de toutes les chicanes! La citerne, c'é tu quèque chose pour ramasser l'eau?
    – Oué, c'é ça, une grosse tank. J'continue... Sur celle-là, c'é écrit : La Camargue. Me semble que c'é une place de gitans pis de chevaux... mais j'suis pas trop sûr de mon coup. Y faudrait encore d'mander à la Jeune.

Bonjour maman,   *Marseille, 26 mai 1974*

    Cette carte montre La Camargue. Nous y avons passé
une journée complète, l'été dernier. Cette fois-ci, je vais pro-
fiter de ma visite à Marseille pour acheter des semences. À
l'automne, Antoine et Arnold ont retourné le sol pour un
potager. Ils l'ont clôturé contre les moutons et ont construit
un bassin en pierres pour l'eau. Notre région est très bien
irriguée. Partout dans les montagnes, il y a des bassins et
des canalisations de pierres, qui datent parfois de l'époque
des Romains! Dans ce climat, tout pousse facilement et j'ai
hâte de récolter mes premiers légumes. Les seuls dangers sont

auvages, surtout les sangliers qui peuvent dé-
ager en un rien de temps. Mais avec notre
—————— ———my, nous ne risquons rien, il ne tolère aucun
animal près de la bergerie.

Je vous embrasse, Julie, xxx

– Hé que j'la comprends pour le jardin... ça doit être plaisant d'aller s'arracher une carotte direct dans la terre... ou bien donc des patates, juste avant de souper. Après la mort de papa, j'ai arrêté de faire des jardins, mais ça me manque, c'é certain...

– Pour le jardin, c'é pas mal d'ouvrage, j'dis pas, mais pour les patates, tu pourrais facilement en avoir. On pourrait les planter ensemble, comme on fait chez nous, pis ensuite, tu m'emprunterais la herse une couple de fois dans l'été. Avec les patates, y'a jamais besoin de s'mettre à genoux... Pis si la terre est bien préparée et que tu passes la herse de temps en temps, t'auras pas assez de mauvaises herbes pour nuire.

– C'é en friche depuis un mautadit grand bout, on voit quasiment plus où y'avait un jardin. Y'a du foin qui s'est mis à pousser là itou, j'suis pas bien fort sur la tondeuse.

– C'é certain, r'partir ça, c'é de l'ouvrage... Le mieux, c'é de brûler le foin avant de r'tourner la terre, sinon, on va juste semer des mauvaises herbes. Tu commences par tondre l'herbe autour, puis tu fais un trou pis une butte à côté pis par après, y faut brûler tout c'qu'é à l'intérieur.

– Tabarouette, toute une job, j'vais être mort après avoir creusé tout ça...

– Non, tu f'ras pas le travail à la pelle ! J'vais venir avec la charrue, et on va repasser plusieurs fois pour faire une tranchée profonde. Le gros de l'ouvrage, c'é après avoir brûlé le foin. Il faut passer la charrue plusieurs fois dans un sens pis dans l'autre et laisser la terre sécher entre les passages. Pis pendant que la terre sèche, toi, tu travailles... Tu passes au-travers la parcelle pis t'enlèves les plus grosses racines. Mais ça se fait bien, ça a l'air pire que c'é.

– J'vais y jongler. Pour tout d'suite, continue ta lecture.

– Ok, sur c'te carte-ci, c'é juste écrit : La Provence.

Bonjour maman,   *Marseille, 25 mai 1975*

Sur la photo, on voit des montagnes assez semblables à celles entourant Saorge, même si ce n'est pas la Provence chez moi, mais les Alpes. Les arbustes à droite sont des plants de romarin et au sol, on discerne la lavande et le thym. Justement cette année, j'ai commencé à récolter des herbes sauvages que je mets en sachets. Une fois par mois, je descends à Cannes avec un ami apiculteur de Breil. Je vends nos fromages vieillis, un peu de ma récolte de légumes, mes sachets, et des bouquets d'herbes fraîches. J'adore vendre au marché. Aujourd'hui, je vais visiter la savonnerie de la Licorne (Marseille fabrique des savons très renommés), et voir si je pourrais en vendre avec mes autres produits. Encore cette fois, le soleil est au rendez-vous à Marseille. La vie est belle et je suis très heureuse. Je vous embrasse tous,

Julie, xxx

– Ça doit être plaisant, les marchés... eh que j'aimerais essayer ça. Pas besoin d'aller aux maisons. Le monde qui se déplace pour v'nir acheter mes poissons pis moi qui reste là, à attendre, pis à regarder les allers et v'nues.

– T'aurais pas peur de trouver ça ennuyant, à la longue ?

– Es-tu fou ? Pas pantoute ! Moi, pourvu que j'sois dehors... Pis y doit toujours y avoir quèq'chose à r'garder. Bon, ben, continue.

– C'é encore écrit : La Provence. Pis le monde dessus, y sont en train de jouer à la pétanque. J'connais ça, ce jeu-là. C'é aussi populaire par là que le hockey par ici.

Bonjour maman,　　　　　*Marseille, 30 mai 1976*

Cette année, j'ai débuté ma carrière de joueuse de pétanque ! Dans le sud de la France, tout le monde y joue. Ça ressemble un peu aux billes mais avec des boules de métal beaucoup plus grosses. Je me rends maintenant à Cannes une fois par semaine et après le marché, Antoine, Angèle et Jeannot viennent m'y rejoindre. Nous dînons dans un café, puis nous jouons à la pétanque sur la Place. Et nous finissons la journée par une baignade avant de remonter au village. J'adore cette habitude et surtout, j'adore voir Antoine sortir de sa coquille. Je vends des paniers que le vieil Arnold tresse et que je remplis de victuailles. C'est tellement joli et ils sentent si bon avec les herbes et les savons de Marseille que les gens ne peuvent résister. Mes paniers partent comme des petits pains chauds. Je vous embrasse tous,

Julie, xxx

– Ah ben, à chaque année, y'a une nouvelle affaire, me semble. Continue donc pour une dernière, pis après on va arrêter pour aujourd'hui.

– C'é juste écrit : Marseille.

Bonjour maman,   *Marseille, 29 mai 1977*

J'attends un enfant. Je suis très heureuse et je me porte comme un charme. Marie devrait naître à la fin juillet, dans dix semaines, j'ai hâte et en même temps... j'ai peur. Je n'avais jamais pensé à avoir un enfant. Mais je suis si bien avec Antoine et nous sommes entourés d'amis. Alors, avoir une famille apparaît la suite naturelle de notre histoire. Au marché, avec ma grosse bedaine, je suis devenue la chouchou, il ne se passe pas une semaine sans que je reçoive présents ou recommandations ! C'est parfois un peu agaçant, mais c'est si gentil. Et puis, mes produits se vendent à une vitesse folle, je peux lire tranquillement au Café ou à la plage, en attendant la fin du marché et l'arrivée de mes amis. À ma prochaine carte, je serai devenue une maman, c'est quand même incroyable ! Je vous embrasse tous,

Julie, xxx

– T'es certain que tu veux pas qu'on en lise encore une pour entendre parler de Marie ?

– Oué, j'suis certain. Y faut que je sorte, là. Y faut que j'aille prendre l'air, j'étouffe, moi, enfermé dans la maison. On entendra parler de Marie la prochaine fois.

– Ça va être quand, la prochaine fois ?

– Drette demain si tu veux. J'vais devoir attendre que la mer se calme un brin pour r'sortir en pêche.

J'ai vu un grand sourire apparaître sur les lèvres à Louis, et il est parti tout content de pas avoir à attendre bien long avant la suite. Moi aussi, je voulais pas laisser passer trop de temps, mais c'était vrai ce que j'avais dit à Louis, là, je devais sortir de la maison. Avec les grands vents, une vague de froid était arrivée. Et la mer était belle à voir. Au bout du cap, sur la plage, des gens étaient penchés à ramasser des affaires et leurs couleurs se voyaient de loin avec le sable, la mer pis le ciel en arrière. Je sais pas trop, les couleurs me semblaient remarquables. Peut-être à cause des jours gris avant ? Peut-être à cause de l'air frais et sec qui rendait les couleurs plus fortes ? Arrivé au proche, j'ai vu que c'était surtout des enfants qui jouaient sur la plage. Des tout petits bouts de rien, qui avaient un fun bleu à ramasser des dollars de sable[14]. C'est peut-être pour ça itou que les couleurs m'avaient marqué. Les enfants, ils sont souvent habillés dans des couleurs joyeuses. Et cette fois-ci faisait pas exception. J'ai mangé à la maison pis après, je me suis rendu au goulet par l'intérieur de la baie. Le genre d'endroit où t'es assuré d'être seul pis tranquille. Je suis rentré à la noirceur et j'ai écouté de la musique.

Au matin, j'ai dû faire une petite attisée pour couper l'humidité de la maison. Faut dire, on avait dépassé la mi-temps de septembre et j'avais pas eu encore à partir le poêle. Quand Louis à Edmond est arrivé, la maison était chaude. Mon premier café était pris et j'avais fini de préparer ma soupe de palourdes itou, elle finissait de cuire à

---

14. Dollar de sable : variété d'oursin plat. Ronds et très fragiles, ils ont un dessin de fleur à cinq pétales au centre. Le nom provient de la ressemblance avec l'ancienne pièce d'un dollar.

petit feu. Et du café attendait dans la machine l'arrivée de Louis pour être mis sur le rond.

– J'suis content de t'voir. J'me disais... on devrait être bons pour arriver au bout des cartes aujourd'hui. Pis après, tu vas pouvoir me lire la lettre de Julie, ça fait assez longtemps que ça traîne.

– Dis-moi pas ça à moi. Des fois, j'me d'mande si ça t'intéresse.

– Tu sais bien que c'é le contraire... Pis j'suis pas vite, tu l'sais aussi, mais là, on y arrive... Décourage-toi pas.

Je suis parti à rire et il a pas été en mesure de faire autrement que de rire un brin lui itou. Le café monté, je lui en ai servi un, on était prêts à commencer. Sur le dessus de la pile, la carte montrait des enfants en train de jouer sur une plage. « C'é juste écrit : Marseille, la plage. Mais avec des enfants dessus... pas besoin de plus, on comprend le message. »

Bonjour maman,   *Marseille, 28 mai 1978*

Marie est une enfant magnifique et Antoine et moi, les parents les plus heureux du monde. L'accouchement n'a pas été facile, mais bon, c'est loin déjà. Notre vie a changé. Les amis nous aident beaucoup. Surtout le vieil Arnold, je ne sais pas ce que je ferais sans lui ! Antoine et lui ont dû jardiner et c'est Angèle qui m'a remplacée au Marché. Mais depuis ce printemps, j'ai repris le contrôle de mon jardin et retrouvé mes habitudes. J'amène Marie partout où je vais. Et avec Angèle, nous remplaçons parfois nos parties de pétanque par la plage après le Marché. Cette année, je profite plus que d'habitude de cette pause, seule à Marseille. Je suis très heureuse et à mon grand étonnement, j'aime beaucoup être une maman ! Je vous embrasse,

Julie, xxx

– Tu sé, Julie, a l'a bien choisi sa place, pour le marché. D'après c'que j'ai entendu, à Cannes, y fait toujours beau. Pas besoin de planifier tes affaires pour aller à la plage... le ciel est toujours bleu. Pis y fait bien plus chaud qu'ici l'été, mais apparence, c'é une chaleur sèche et tu t'en rends même pas compte. Y'a juste l'hiver où ça serait plus difficile parce que les maisons sont pas bâties pour combattre le froid. Pis dans les montagnes, ça doit être encore pire. Mais j'ai pour mon dire qu'Antoine, y doit bien avoir arrangé ses affaires, pis Julie et Marie, elles doivent pas avoir souffert du frète d'après moi.

J'ai fait signe que j'étais d'accord avec lui, mais sans en rajouter. Là, j'avais plus envie qu'on parle après chaque carte, je voulais en venir à bout aujourd'hui. J'ai beau dire que j'aime la lenteur, des fois, je suis comme tout le monde, j'ai des impatiences et j'aime quand les choses avancent.

– Bon... sur la suivante, c'é écrit : La Provence. Et la photo, c'é un champ de lavande. Ça, ça sent bon en pas pour rire...

Bonjour maman,   *Marseille, 27 mai 1979*

La vie passe si vite... en juillet, la petite Marie aura déjà deux ans. Elle parle tout le temps et c'est parfois un peu étourdissant. Malgré tout, je ne croyais pas que d'avoir un enfant puisse être si facile. Antoine est un père d'une patience incroyable. Et peut-être aussi que la beauté et le calme du lieu ont une influence sur le bonheur d'un enfant ? Je me suis fait un ami qui cultive la lavande et je vends ses produits pour lui au Marché. Nous avons besoin de plus d'argent qu'auparavant avec Marie. Je me trouve si chanceuse, chaque fois qu'un besoin se fait sentir, une opportunité survient. Les gens de la région sont très gentils, ils nous ont adoptés, et la petite Marie y est sans doute pour beaucoup. À Marseille parfois, les jours de mistral, il vente autant sinon plus qu'aux Îles. C'est le cas aujourd'hui, c'est la première fois où j'en suis témoin. Je vais aller me réfugier au cinéma, il passe un film avec Belmondo et Alain Delon. Le cinéma, ça fait si longtemps... Je vous embrasse tous,

Julie, xxx

– Me semble que ça se peut pas, d'être heureux de même...

– Pis pourquoi ça se pourrait pas ? Moi, j'me trouve bien heureux avec mon sort... imagine si en plus, y'avait une petite fille dans la place toujours à rire pis à placoter ! Ça serait le paradis sur Terre.

– T'es si heureux que ça, André ? Tu t'ennuies pas, des fois ?

– Pas en toute. Comme si y fallait plein d'argent pis de bébelles ou bien avoir fait des études pour être heureux. Avant d'avoir la musique, c'é vrai, je m'ennuyais des fois... l'hiver... rarement r'marque, mais depuis que j'ai la musique, ça a rempli le vide que y'aurait pu y avoir. Pis, en plus, j'imagine que si on a juste un peu de place pour parler de c'qui s'est passé dans une année complète, on va pas s'mettre à conter toutes les p'tites affaires plates qu'auraient pu arriver ! Awaye, continue.

Il a hésité un brin et il m'a regardé durant une escousse, pis il a finalement pris une autre carte sur le dessus de la pile : « Sur celle-là, c'é juste écrit : la Provence. Encore. Pis l'image, c'é un marché de village. J'me d'mande bien si c'é le marché où va Julie ? On va le savoir dans pas long... »

Bonjour maman,   *Marseille, 1ᵉʳ juin 1980*

Sur la photo, on voit un marché tout pareil à celui de Cannes et le kiosque sur la gauche ressemble beaucoup au mien. Je crois posséder celui avec le plus de produits. J'ai maintenant plusieurs variétés de savons de Marseille, des herbes séchées et fraîches, des légumes, des fromages, les extraits de lavande, des confitures, et parfois d'autres produits d'amis se rajoutent encore. Marie est devenue la mascotte du Marché, elle connait tout le monde et je passe plus de temps à la surveiller qu'à vendre mes produits. Heureusement, Antoine nous accompagne de plus en plus souvent et il l'amène en balades. Ensuite, nous allons à la plage tous ensemble. Le vieil Arnold s'occupe des moutons durant ce temps. J'aime beaucoup Arnold, il est plus âgé que papa et pourtant, malgré cette différence d'âge entre nous, je n'ai jamais été aussi proche de quelqu'un. La vie est bonne et je vous embrasse,

Julie, xxx

– C'é vrai que c'é une belle vie mais des fois j'me dis, y'a bien du monde qu'y trouverait ça une vie de misère...

Tout dépend... Mais j'suis d'accord avec toi sur un point, c'é pas les bébelles qui rendent heureux, c'é certain... Bon, j'continue. En disant ça, il a pris une nouvelle carte et il a souri en regardant la photo. Il est parti un brin dans les nuages avant de continuer. C'était une image d'enfants qui jouaient aux billes pendant qu'en arrière, des adultes jouaient à la pétanque. Une photo pleine de couleurs... celles des enfants, et celles des fleurs dans les arbres, des sortes de fleurs comme j'en avais jamais vues, et en quantité. Le genre de photo pour sûr qui t'amène à rêver. C'é juste écrit : *La Provence*. Pis ça y va comme suit :

Bonjour maman,   *Marseille, 31 mai 1981*

La petite Marie a commencé l'école. Ici, les enfants commencent jeunes. Quatre matins par semaine, depuis janvier. Au début, c'était difficile, puis elle s'est fait des amis, et maintenant ça va mieux. Je vais profiter de ma présence à Marseille pour magasiner des tissus. Je voudrais fabriquer des nappes et des napperons pour le Marché. L'an prochain, nous aurons du matériel scolaire à acheter. Ne t'inquiète pas, la vie est belle, et l'argent ne sera jamais un gros tracas. Sur le port, le bâtiment où le poisson est vendu en gros a été transformé en théâtre, Le Théâtre de La Criée, il vient d'ouvrir. À chaque année, depuis 1976, je vois les travaux avancer, et cet après-midi,, je vais le visiter. Cela va sûrement me rappeler de beaux souvenirs ! C'est tout près du Bar de la Marine où Angèle vient me prendre en fin de journée. Je vous embrasse tous,

Julie, xxx

– L'argent pas un gros tracas, j'aime à l'entendre.
Y'en a plusieurs pour penser autrement...
– J'suis bien d'accord! Sur celle-là, c'é écrit: Les Alpes
Maritimes. Ça fait changement...

Bonjour maman,   *Marseille, 6 juin 1982*

*Enfin, j'ai trouvé une carte où l'on voit notre région.
La bergerie est située sur un petit plateau et nous sommes
entourés de hautes montagnes, semblables à celles de la
photo. D'en haut, le regard porte loin et parfois, j'ai grand
besoin de voir l'horizon. C'est là où Antoine pose des pièges
pour le petit gibier, c'est aussi mon coin préféré pour la
marche. En août, Marie sera à l'école toute la journée, ce
sera plus simple, Antoine ira la reconduire le matin et moi,
l'attendre en fin d'après-midi. Mais elle va être absente
longtemps, le bus part à sept heures et revient à quatre.
C'est beaucoup, il me semble, pour un petit bout de chou de
cinq ans. Heureusement, elle a des amis au village qui
iront à Breil aussi. J'ai abandonné mon projet de nappes,
Louise en vend au Marché et elle est mère de quatre enfants. J'ai des cadeaux de Noël pour plusieurs années! Nous
avons agrandi le potager pour vendre plus de légumes, je
préfère le jardinage à la couture de toute façon. Je vous embrasse tous,*

Julie, xxx

– Moi, les montagnes, c'é quèque chose que j'aimerais voir en vrai. Les montagnes pis les arbres, les gros,
pas des chicots comme on a par ici. J'ai parlé sans penser,
je m'étais pourtant promis de plus jaser entre les cartes...

– J'sais pas, c'é sûr que c'é beau, mais moi, j'ai l'impression d'étouffer dans leurs grosses forêts, j'respire mal. Vrai par exemple, j'me suis jamais rendu en haut. P't-être qu'avec une vue, la chose serait moins pire... j'verrais l'horizon, comme dit Julie... V'là l'avant-dernière carte, c'é écrit : Marseille. La première fois, me semble, où on voit la ville aussi bien. Qu'on réalise comment Marseille est une grande ville itou.

Bonjour maman,   *Marseille, 29 mai 1983*

Pour la première fois depuis que j'écris mes cartes, je ne suis pas seule au café. J'ai amené la petite Marie et elle est fascinée de découvrir Marseille. Maintenant, elle sait pour la Fête des mères et elle aurait été triste que je l'abandonne. Assise tout près de moi avec son chocolat chaud, elle n'y touche même pas. Bien droite, elle ouvre de grands yeux et regarde partout. Je me dépêche tout de même, une fois la surprise passée, tout peut arriver ! Je vais profiter de notre passage pour lui acheter des vêtements et des chaussures. En montagne, c'est très important d'être bien chaussé. Et puis, cet après-midi, il y aura un spectacle en plein air sur le port. Le Ballet de Marseille fera une représentation sur de la musique de Pink Floyd... Je suis contente de voir ce spectacle et en plus, ma petite sauvage aura accès à un peu de culture ! Je vous embrasse tous,

Julie, xxx

– Ça te dit-tu qu'on prenne un break pour que je puisse faire du café ?

– C'é une bonne idée. Ça me fait quèque chose de voir la dernière carte arriver...

J'ai refait du café et j'ai attendu, accoté dans le cadre du châssis à regarder dehors. On était tous les deux partis à jongler. Je me sentais triste un brin rapport à la fin des cartes pis surtout, à l'idée de la tristesse qui s'en venait dans l'histoire de Julie. Le ciel était d'un grand bleu au dehors et j'ai eu la tentation de tout arrêter pour aujourd'hui et de partir marcher sur la grève. Je me suis repris en entendant le café monter. Y fallait en finir avant l'arrivée de l'hiver. Et je voulais pas donner raison à Louis non plus. J'ai servi le café et j'ai repris ma place au ras le poêle. Sur cette carte-là, tout ce qu'on y voyait, c'était la mer. Pis comme de fait, Louis à Edmond a dit que c'était juste écrit *L'Atlantique* dessus.

Bonjour maman,   *Marseille, 27 mai 1984*

Je suis venue seule à Marseille cette année. J'avais besoin de penser calmement, en regardant la mer. La mer a toujours été un grand réconfort. J'ai un cancer et le médecin m'a assurée que je ne verrais pas le prochain hiver. Je me sens coupable de vous avoir abandonnés, vous, ma famille. D'avoir manqué de courage, d'avoir été égoïste... Mais en regardant ma vie, je vois aussi que grâce à cette décision, j'ai mené une belle vie et j'ai été incroyablement heureuse. Alors, je ne regrette rien. Je crois qu'il ne faut pas tenter de vivre au-dessus des forces que l'on possède. Et ici, durant ces si belles années passées dans la montagne, avec Antoine, avec Marie et les amis, j'ai été forte. J'ai redonné le goût de la vie à Antoine, à mon homme, et j'ai donné la vie.

Seulement, j'aurais aimé une fois encore serrer André sur mon cœur, et lui dire le grand amour que je ressens pour mon petit frère adoré. Je vous aime tous très fort,

Julie, xxx

Louis a ouvert la bouche avec l'intention de parler et j'ai levé la main pour qu'il commence même pas. Je voulais rien entendre. J'ai attrapé mon parka et je suis sorti dehors. Par-dessus la tristesse, c'était trop beau, cette carte-là, pour la gâcher avec des paroles. Après plusieurs grands respirs, je me sentais mieux. Un grand sourire s'était même figé sur ma face. Par exemple... mautadit que j'aurais eu envie de savoir lire... et de relire cette carte-là plusieurs fois d'affilée. Je suis pas resté longtemps dehors et quand je suis revenu à l'intérieur, j'ai demandé à Louis de me la relire.

– C'é justement pour ça que j'avais ouvert la bouche t'à l'heure...

Après, on est restés sans rien dire durant un bout pis je lui ai demandé s'il voulait bien la relire encore une fois, et je l'enregistrerais ce coup-ci. On a fait comme tel, et je pouvais maintenant entendre la carte aussi souvent que je le voulais.

– On aurait bien pu le faire pour toutes les cartes si on y avait pensé au début...

– J'y avais pensé... mais j'avais pas envie d'avoir ta voix d'enregistrée ! Je d'manderai à la Jeune quand elle r'viendra aux Îles.

Louis a ri, moi aussi. Louis, c'est pas qu'il lit plus mal qu'un autre, mais à côté de la belle voix de sa petite sœur... c'est pas comparable, disons. Louis, pour sûr, il comprend.

– Est-ce que t'es prêt à entendre la lettre maintenant ? Ou bien donc on attend ?

– Non, non, j'suis prêt. C'é certain, j'commence à avoir envie de grouiller pis de prendre l'air, mais j'ai dit qu'on finirait aujourd'hui pis ça me dit pas de r'changer d'idée. J'vais t'enregistrer, par exemple. Comme j'm'en viens pas mal fatigué, j'suis pas sûr de toute comprendre du premier coup. Pis de même, j'pourrai la réécouter à mon aise.

Cher Louis,   *Breil, 12 juillet 1984*

Comment te demander pardon pour tout ce temps gâché ? J'aurais pu depuis longtemps mettre fin au silence. Je ne l'ai pas fait. Et il me faut voisiner la mort pour me décider à t'écrire. Je ne veux pas tenter de me justifier. Te dire simplement que tu as été l'ami le plus important de ma courte vie... c'est peut-être même la valeur de cette amitié, trop belle, qui m'a empêchée, du moins au début, de te regarder en face et d'affronter la honte. Ensuite, j'ai laissé filer le temps... sans agir, en essayant de tout oublier, toi avec le reste. Tu étais devenu flou dans mon souvenir. Mais j'ai un cancer, je vais bientôt mourir et la mort redéfinit les choses... Et ce qui a vraiment compté dans ma vie m'apparaît avec netteté. La beauté de notre amitié si pure me revient souvent à la mémoire. Je revois nos longues marches, nos discussions sur les livres, le haut du cap et ses couchers de soleil... Ces souvenirs me procurent un bonheur paisible.

105|

Je sais ton amitié toujours présente et le manque que j'ai créé. Alors, je vais simplement te raconter ma vie. Tout te dire, comme si j'avais conservé les liens durant toutes ces années. Comme si nous marchions sur la grève et que je te racontais un livre lu et aimé.

Jusqu'à mon arrivée à Paris, ma vie est décrite dans les lettres à maman, tu pourras les demander à papa et connaître cette partie de mon histoire. Quand j'ai quitté Montréal après la mort d'Yvon (c'était mon amoureux), j'ai vécu une période difficile. Très noire et très solitaire. Avec le recul, je me rends compte que cette période fut bonne pour moi. Je me suis retrouvée, j'ai appris à voir plus loin et à aimer les gens malgré leur froideur apparente. Cette période à Paris, dans le bruit et la vitesse, m'a rendu la beauté de la nature plus belle encore, son silence plus reposant, ses odeurs plus enivrantes. Quand j'ai découvert Antoine et sa montagne, le coup de foudre a été d'une force inconcevable. Il me fallait rester là. En quelques jours, j'ai eu l'assurance de me trouver au bon endroit, avec la bonne personne, et que j'y passerais le reste de ma vie.

À Paris, j'ai travaillé dans une boulangerie. Un lieu humain et chaud. Puis, je me suis finalement décidée à contacter un ami de monsieur Jutra et j'ai eu un petit rôle dans un film. C'est ce film qui m'a amenée ici et m'a fait rencontrer Antoine. La dernière section du tournage s'y déroulait. Nous avions besoin de nature sauvage et de beauté. L'endroit était parfait.

Antoine est berger. Il vivait là-haut, seul avec ses moutons et avec Tommy, son chien. Il était venu là trois ans plus tôt après sa sortie de prison. Antoine a fait cinq ans de prison pour meurtre, avant que le véritable meurtrier soit arrêté pour un autre délit et que son innocence soit prouvée.

Il n'a jamais rien raconté sur ces cinq années. Je ne lui ai rien demandé non plus. À sa sortie de prison, il allait au hasard. Il a marché et il s'est arrêté ici. Avec le dédommagement payé par l'état, il a acheté une section de la montagne et des moutons. Il a gardé très peu pour vivre. Il voulait posséder le plus de terre possible et s'assurer de la paix et de la solitude.

Ensemble, nous avons réappris à vivre et à être heureux. Antoine a pardonné au monde. Son sourire est revenu. Et l'arrivée de Marie a complété sa guérison. Et moi, je me suis pardonné un peu. Angèle me dit parfois qu'il est plus facile de pardonner aux autres que de se pardonner à soi, et elle a raison, bien sûr.

Angèle a été très importante durant toutes ces années. Angèle et Jeannot, nos grands amis, nous avons tellement ri ensemble ! Mais c'est tout de même le vieil Arnold qui a été le plus près de moi. À lui, j'ai tout raconté, mes actes et aussi mes tourments et mes doutes. Sa tranquillité... son silence surtout, m'ont beaucoup apporté. Grâce à lui, j'ai réappris à aimer cultiver la terre. À voir les choses simples, la beauté enfouie dans ces choses. Antoine me disait souvent que si Arnold n'était pas si vieux, il en serait jaloux ! Et c'est vrai, nous étions toujours ensemble et si complices. Notre amitié m'a souvent rappelé une autre amitié... vécue dans une autre vie, au loin, sur une île.

Et il y a Marie. Ma fille. Mon plus grand bonheur. Marie si vivante et si petite. Marie qui n'a que six ans. Antoine est un père magnifique et je sais qu'il saura prendre soin d'elle seul. Elle sera entourée d'amour. Le vieil Arnold est aussi très près de Marie. Et Angèle et Jeannot sont de grands amis pour elle. Mais je suis sa mère... Il n'y a pas grand-chose à rajouter sur ce sujet. Tu dois comprendre la détresse, la grande tristesse pour une mère, à devoir abandonner ainsi son enfant.

Pendant les quinze années passées ici, j'ai mené une vie complètement différente de celle de Montréal. Ni théâtre, ni cinéma, ni sorties, sauf à de très rares exceptions à Marseille. Une vie suivant les saisons. Une vie lente et joyeuse. Toujours dehors, dans une nature où je me suis fondue. J'en connais chaque plante et chaque roche. Nous avons vécu très simplement. Le dimanche, il y avait toujours le marché, les gens, l'amitié, les rencontres. Puis les six autres jours : la solitude et le calme, le travail dans la nature, dans la beauté. Quinze années de bonheur. Malgré la chaleur ou le froid, les travaux difficiles, les courbatures, la fatigue... Les cauchemars d'Antoine au début... Durant toutes ces années, oui, le bonheur à chaque jour.

J'aimerais que tu lises cette lettre à mes parents. Je dis mes parents, mais je sais que maman est morte depuis déjà longtemps. En quinze ans, elle ne m'a donné aucun signe de vie, et je sais bien que maman ne m'en voulait pas, qu'elle m'avait pardonné tous mes manques... Je pense à papa, je sais qu'il a reçu mes cartes et les a regardées en sachant qu'elles venaient de moi, que les images racontaient ma vie. J'aimerais que tu lui lises cette lettre et qu'il comprenne pourquoi il n'y aura plus d'autres cartes à l'avenir.

Merci, Louis, de faire cela pour moi.

Merci pour ton amitié présente malgré le passage du temps...

J'ai autre chose à te demander. Quelque chose de très important, auquel je tiens énormément. Je veux te demander de prendre soin d'André. De t'en occuper comme si tu étais son grand frère. De tout faire pour qu'André ne soit pas placé à la mort de papa. Je t'en supplie, Louis, prends soin de lui. Et s'il te plaît, ne lui parle pas de moi. Il m'a sans doute oubliée et c'est beaucoup mieux ainsi.

Depuis 18 ans que j'ai quitté les Îles, pas un jour n'a passé sans que je pense à lui. Mais avec le temps, le souvenir d'André est devenu plus doux. J'ai cessé de fixer la période difficile, je revois maintenant le temps d'avant l'école. Quand j'amenais André partout. Quand il était rieur et pirate. Quand nous inventions des mondes et en étions les héros.

Longtemps j'ai gardé de la rage et de la rancœur envers les gens des Îles pour le mal fait à André. Puis, là aussi, le temps a fait son travail. Je dis le temps, mais ce n'est pas seulement le temps. C'est surtout l'amour d'Antoine qui a fait le travail, l'amour des amis aussi. Les silences d'Arnold, plein de bonté. Et la beauté du lieu où j'ai vécu. Je revois maintenant Françoise, ta famille, ton père surtout. Edmond, qui lui aussi avait l'art de dire beaucoup sans parole aucune. Leur gentillesse...

Dans la montagne, j'ai trouvé le bonheur. Et je pars en paix avec mon passé... et sereine.

Il y a une tristesse immense en moi de quitter Marie mais malgré tout, la paix m'accompagne.

Merci, Louis, merci pour tout, merci d'être là.

Avec tout mon amour,

ton amie Julie, xxx

| LA GRANDE VISITE

C'était une journée de février froide et venteuse. Du genre où tu restes encabané chez vous de peur d'en perdre des bouts si tu te risques à mettre le nez dehors. Mais où t'espères pareil avoir de la visite pour te tenir compagnie. Ce jour de février-là, Louis à Edmond est arrivé à la porte. Je l'ai pas laissé parler ni rien, je l'ai poussé au ras le poêle avec ses bottes pis son gréement. Pis pendant que la glace autour de ses yeux fondait pis qu'y dégelait un brin, j'ai préparé du café. Pour sortir au dehors, il fallait que Louis ait une bonne raison. Pour sûr, y venait pas de loin, sa maison est peut-être à cinquante pas de la mienne. Mais si je regardais dehors par exemple, je voyais pas sa maison, je voyais juste du blanc. Par à-coups, entre deux bourrasques, j'arrivais à voir tout juste deux à trois pieds autour. Pour se diriger dans des tempêtes de même, il faut regarder à terre et suivre le chemin, pas question de couper à travers champs. Pis y faut regarder en bas itou pour arriver à prendre son respir. Si tu regardes devant toi, l'air arrive bien trop vite pour en attraper des bouts. Toujours est-y que Louis à Edmond était là. La chaleur du poêle l'avait dégelé assez pour qu'il se dégreye [15] de son linge et que je doive aller

15. Qu'il se dégreye : qu'il se déshabille.

chercher la moppe [16] pour essuyer le lac qui s'était formé autour.

– Excuse-moi pour le mess [17]. J'suis v'nu t'dire qu'y faut que tu t'en viennes chez nous, la Jeune va rappeler, pis a veut te parler.

– Tabarouette, j'me d'mande bien c'qui s'passe. On a-tu le temps de prendre un café ou y faudrait mieux y aller tout de suite ?

– On va prendre un café certain, on a l'temps, pis j'vais r'prendre mon respir itou.

On a fait comme tel, mais sans traîner, pis j'me suis greyé pour affronter le dehors. Et arrivés chez eux, on a eu quand même le temps de prendre un thé avec sa mère avant que le téléphone se mette à sonner. Je suis pas trop habitué de parler au téléphone, la chose me rend nerveux, pis là, après un café pis un thé coup sur coup, je me sentais comme une vraie queue de veau. La mère a répondu, pis après avoir parlé un brin à la Jeune, elle m'a passé le téléphone. J'ai juste fait de dire allo, pour montrer que j'étais là, pis après, j'ai laissé parler la Jeune. Elle avait eu des nouvelles de Marie. L'oncle Léon était mort au début de l'automne et Marie pensait à venir passer ses vacances aux Îles, à l'été, avec ses deux enfants. J'étais content d'entendre ça. Pas la mort de l'oncle Léon... pour leur visite, je veux dire. La Jeune m'a dit que les vacances seraient pour le mois d'août, pis Marie voulait être certaine que j'étais d'accord de les recevoir avant de magasiner des billets d'avion. Pour sûr, j'étais d'accord. Même que j'étais déjà à penser aux matelas à changer pis aux draps à

_____

16. Moppe : vadrouille.
17. Mess : mot anglais signifiant dégât, désordre, fouillis, saleté.

| 114

acheter comme si leur arrivée était pour le lendemain. La Jeune m'a dit qu'elle m'en conterait plus long sur ses cassettes. Pis elle a raccroché.

De retour chez nous, ma première occupation a été de me rendre dans les chambres du haut. Et de regarder mon travail de l'automne. Je suis pas mal content, les châssis ouvrent que s'en est un vrai charme et les murs sont encore mieux réussis que ceux du bas. C'est Pierre à Charles qui a eu l'idée de mettre des couleurs plus claires dans la teinture. Dans la chambre des vieux, j'ai mis un beau bleu pâle pour les murs pis un bleu un peu plus foncé pour le plancher. Pis pour l'ancienne chambre de Julie, la même chose, mais en vert ce coup-là. Les chambres ont encore un air ancien pour sûr, mais elles sont pas mal plus joyeuses qu'elles l'étaient avant. Je les trouve assez belles que souvent, je monte juste pour m'y asseoir une escousse. Je reste là, et je regarde comment la lumière qui rentre est belle, en bleu, pis après en vert.

Je me suis assis sur le matelas de la chambre bleue, et je jonglais à tout ce qui manquait encore pour rendre les chambres habitables pour Marie et ses enfants. D'abord, je me suis dit, descendre les matelas et les sortir dehors. Avec la tempête, juste leur faire passer l'escalier et les accoter sur un mur du bas allait suffire. Pis j'ai soulevé le matelas de la chambre bleue. Mes intentions ont été de courte durée par exemple. Sitôt le matelas enlevé, j'ai vu les photos. Les photos de Marie. Papa devait les avoir mis en dessous du matelas pis moi, j'avais pas pensé à regarder. J'ai accoté le matelas sur le mur, j'ai ramassé les photos et je suis descendu en bas où la lumière y est quand même meilleure pour bien les regarder.

Il y avait plusieurs photos de Marie. Je pouvais voir la petite grandir d'une année sur l'autre. Mais la photo qui m'a fait le plus plaisir, c'est celle où en plus de la petite Marie, il y avait Julie et Antoine. Marie était encore bébé et elle était dans les bras d'Antoine. Je sais pas pourquoi mais j'avais pas imaginé Antoine de même. Grand pis maigre. Moi, je l'imaginais court et trapu, pis brun et barbu itou, tandis qu'Antoine était lisse comme son bébé pis ses cheveux étaient de la couleur du sable. Julie était belle à regarder. Elle avait la peau du monde qui vit dehors, brune et pleine de plis dans son sourire. Pour sûr, elle souriait. Des yeux, de la bouche, de sa personne au complet, elle souriait. Antoine aussi semblait content, c'était l'image d'une famille heureuse, cette photo-là. Je me suis dit que sitôt la tempête calmée un brin, je me rendrais chez Pierre à Charles lui demander de me faire un cadre pour la photo. Pis lui demander itou de m'aider à me débarrasser des matelas, vu qu'il s'est greyé d'un truck à l'automne.

Il m'a fallu attendre le lendemain au matin pour me rendre chez Pierre à Charles. Je l'ai trouvé à travailler dans son atelier. Même si j'aime mieux à le trouver là, je tiens pas à le déranger dans son ouvrage non plus. Et je me suis dépêché de lui expliquer mon affaire.

— Tu peux pas tomber mieux, André, j'ai besoin absolument de quelqu'un pour m'aider. Tes cadres, j'te f'rai ça plus tard, après avoir mesuré tes photos. Pis tes matelas, on pourra aller les porter en fin de journée, après ma livraison. Si tu veux, tu vas me passer une à une les planches de c'te tas-là, pis après, tu pourras les empiler juste ici.

Pierre m'a bien expliqué le travail comme il a coutume et on s'est mis à l'ouvrage. La première fois où je l'aidais dans son atelier. Il avait une grosse quantité de bois à planer pis à deux, le travail avançait pas mal plus vite. La seule affaire, c'est interdit de fumer dans l'atelier. Durant l'hiver, Pierre à Charles, il veut pas y voir même l'ombre d'une cigarette. Trop de bran de scie partout pour prendre des risques avec le feu. On a pris une pause après son premier tas pis on est sortis au dehors, à l'abri de l'atelier, pour en fumer une.

– J'aime ça, t'aider, Pierre, pis y'a pas grand-chose à faire à c'te période de l'année. J'trouve le temps un brin ennuyant. J'peux v'nir autant que tu veux.

– J'aurais bien besoin d'aide dans c'temps-ci, avec mes commandes, mais j'fais pas assez d'argent pour te payer pis j'peux pas te d'mander de travailler pour rien non plus...

– Ça me dérange pas en toute de travailler pour rien comme tu dis, ça m'frait plaisir de t'aider. Mais j'aurais besoin de deux armoires pour les chambres du haut pis j'avais pensé à te demander d'les faire, on pourrait p't'être s'arranger d'même?

– M'semble, j'vas être gagnant pareil, mais si t'as le goût, on peut faire comme tu dis.

J'étais pas d'accord avec Pierre que c'était lui le plus gagnant de notre arrangement. Moi, je me trouvais bien chanceux de passer du temps à l'aider dans son atelier pis en plus, j'aurais mes deux armoires. D'autant qu'à l'automne, Pierre à Charles, y m'avait posé une porte pour sortir en arrière comme y m'avait promis. Même deux portes, vu que j'en ai une pour en dedans pis une pour en dehors. Celle-là, il faut la mettre à l'automne et l'enlever au printemps. Pis pour tout cet ouvrage-là, qui lui a pris certain une demi-journée, Pierre à Charles y m'a rien chargé. Même qui m'avait fourni gratis tout le bois du cadrage. Pis c'est encore grâce à lui si j'ai ma galerie en arrière. C'est lui qu'a fait que j'ai eu une job de peinture à faire dans une de ses maisons où il avait à travailler. Pour sûr, c'te monde-là m'aurait pas engagé si ça avait pas été Pierre à Charles qui l'avait demandé... J'ai pu acheter mon bois et tout ce que j'avais besoin pour bâtir ma galerie. Pour sûr, j'y suis redevable en masse. Mais anyway, quand les deux personnes en cause se trouvent gagnantes, ça doit vouloir dire que l'arrangement est bon.

La journée m'a paru courte comparée aux autres passées à rien faire. Sur l'heure du midi, j'ai dû rentrer avec Pierre pour le dîner pis ce bout-là m'a semblé plus long, avec sa mère bien trop intéressée à mon cas. J'ai pas traîné par exemple, j'ai dit que j'allais fumer une cigarette dehors pis je suis sorti sans attendre le café ni rien. À la fin de la journée, on est allés livrer des meubles dans le bout de l'Étang-des-Caps. J'avais jamais vu ça, moi, une maison de riche de même. Pierre à Charles, il a eu le contrat pour y faire des meubles sur mesure. En plein sur le haut du cap. Pour sûr, la vue est dure à battre mais me semble, ça serait ennuyant en pas pour rire de vivre là. J'ai aidé Pierre à Charles à monter une couple de bureaux dans le haut de la maison. Y doit faire une longue table de douze pieds pour le bas. C'est pour la table, les planches qu'on a planées aujourd'hui. Quand il va être prêt, Pierre va venir la monter sur place. Une fois la table finie, à la grandeur qu'elle va avoir, a pourra plus sortir de la maison.

Ensuite, on s'est rendus chez nous. Et on a mis les matelas dans son truck pour les apporter demain. Il a pris la mesure des photos et il les a notées dans son petit calepin. Il va me faire un grand cadre pour mettre toutes les photos de Marie. Pour celle de la famille, il pense que je pourrais la faire agrandir avant de l'encadrer. On ira voir à ça ensemble chez le photographe. J'ai mis un restant de stew à la viande salée à chauffer, Pierre a parti le café, pis on a écouté de la musique sans parler. Ni en prenant le café ni durant le souper. Avec le bruit des outils toute la journée, je sais que ça faisait du bien à Pierre de juste écouter la musique sans parole autour. J'avais hâte de lui dire pour mon téléphone et ma grande visite de cet été, mais ça pouvait attendre à demain pour sûr.

| En attendant la visite

L e restant de février et tout le mois de mars itou, j'ai travaillé dans l'atelier de Pierre à Charles. Et l'hiver a filé sans que je le voie. Asteure, les photos sont affichées sur le mur qui donne au large et pas un matin passe sans que je leur jette un œil. Plus ça va, et plus je m'habitue à les regarder comme ma famille. Avec les cartes postales, les dires d'Angèle, pis la dernière lettre de Julie, j'en ai appris gros sur eux autres. Pis là, à les regarder souvent de même, c'est comme si je les connaissais. Comme si j'avais vu Marie grandir. Même si ça sera pas la même chose de la voir adulte, j'ai l'idée que ça me prépare un brin à sa visite. Les chambres sont équipées de bureaux pour le linge et même d'un petit meuble à la tête du lit pour mettre une lampe. Les matelas sont commandés itou. La seule affaire avec les matelas, c'est que Pierre à Charles les a payés pour moi, y m'a fait crédit. Pour dire vrai, il y en a un de payé par mon ouvrage, pis par un peu d'argent que j'avais en reste. Pour l'autre, on s'est entendus que je lui donnerais une partie cet été, si y'a moyen, pis que le restant, je lui payerais en temps, l'hiver prochain. Asteure, Pierre à Charles a plus besoin de moi pour l'aider dans son travail. C'est bien d'adon parce que je dois commencer à sortir mon gréement et à me préparer pour la pêche. Pis y va y avoir aussi mes patates à planter cette année. Mais il y a pas bien du temps à prévoir, le gros de l'ouvrage, je l'ai fait à l'automne passé. Ce printemps, je vais aider Louis à Edmond à planter les siennes, comme de coutume, pis lui, il va m'aider à planter les miennes. Vu que j'en ai pas grand, la chose devrait pas nous prendre plus qu'une demi-journée.

Une affaire le fun que j'ai commencée quasiment en même temps que mon travail avec Pierre à Charles, c'est de sculpter le bois. Pour sûr, pas des grandes affaires. Juste pour m'amuser. Pis en pensant à la visite des enfants itou. Je fais ça avec de beaux restants de bois que Pierre à Charles garde pour moi exprès. C'est Pierre qu'en a eu l'idée pis qui me prête ses petits couteaux à sculpter itou. Il m'a montré comment faire pis asteure, à tous les soirs, je m'installe au ras le poêle, j'écoute ma musique pis je fais aller mon couteau. Je fais des petits oiseaux, des poissons. Quand j'en ai une dizaine, je me rends chez Pierre à Charles pis il perce un petit trou dans chacun avec une mèche fine. Après, je peux passer un fil au travers et les plonger dans un bac de peinture diluée que Pierre me prépare. Et je les laisse sécher sur une corde. Pour la première batch [18], la peinture du bac était bleu pâle pis la fois d'après, Pierre me l'avait préparée avec du rouge vif. Pour sûr, c'est encore Pierre qu'a eu l'idée de tout ça pis qui savait comment s'y prendre itou. Une fois que tout est sec, je dessine des fioritures avec un petit pinceau pis de la peinture qu'a pas été diluée. Cette partie-là, je fais ça durant la journée parce que j'ai besoin de la lumière du jour, mes yeux sont pas aussi bons qu'avant pour les affaires de proche. C'est drôle pareil, je vois encore bien en diable de loin, mais plus c'est proche, moins je vois. Une chance que je sais pas lire, j'en serais plus capable... Mais non, je fais le fou, là. Je ferais comme Camilla, j'aurais des petites lunettes sur le bout du nez. Avec la peinture des petits animaux, c'est la première fois où mes yeux me font défaut. C'est comme si je travaillais à l'usine... je prends une couleur par jour pis je fais pratiquement les mêmes traits sur chacun. Pis je les laisse sécher une journée ou deux avant de passer à une autre couleur.

Là, ma première batch est complètement finie et elle est en train de sécher. C'est tant coloré qu'on voit pratiquement plus le bleu pâle du fond. Je trouve ça pas mal beau. Sûr que c'est joyeux, en tout cas. Je suis certain que les enfants vont les aimer. Je vais les attacher ensemble sur un fil à pêche pis les faire pendre du plafond de la chambre jaune, celle des enfants. Pis ce coup-ci, c'est pas une idée de Pierre à Charles ! Mais à dire vrai, j'ai pas grand mérite... Je l'ai vu dans la maison de Rita. Elle, c'est des coquillages qu'elle a enfilés ensemble. Elle en a mis tellement de rangées que ça lui fait comme un rideau

---

18. Batch: groupe, lot.

devant sa fenêtre. Je me dis que d'ici l'arrivée des enfants, j'aurai le loisir de fabriquer une moyenne trâlée de petits animaux, pis je vais être rendu bon itou. Une fois que je vais avoir la twiste, je vais m'essayer à quelque chose de plus gros. J'aimerais réussir à faire un goéland en plein vol. Si je réussis, je pourrais l'attacher au-dessus du lit des enfants. Pis ils pourraient s'endormir en le regardant. Me semble, ils auraient de beaux rêves... Mais pour sûr, il faut qu'il soit bien fait, et j'ai besoin de me pratiquer en masse avant de m'y attaquer.

| L'arrivée du beau temps

Avec les vents à décorner les bœufs qu'on a eus fin mars, ça fait plaisir de voir le beau temps arriver. Et l'herbe se mettre à verdir. Hier, pour la première fois de l'année, j'ai installé ma petite table au dehors et j'ai écouté ma musique en regardant au large. En sortant direct par la nouvelle porte de la cuisine ! Sans le besoin de contourner la maison. Normalement, j'en aurais profité pour travailler à mes filets, mais là, j'ai rien fait d'autre. Me semblait que la journée était trop belle pour pas la regarder. La sentir itou. L'air était chaud pis rempli d'odeurs. Un mélange d'air du large pis d'odeurs qui montaient de la terre, des herbages pis des branchages de derrière la maison. D'autant plus que j'avais mis monsieur Mozart...

Aujourd'hui, le temps est pareil à la veille et je me suis assis à la même place, mais ce coup-ci, j'ai fait jouer la Jorane... Sa musique, elle me parle de mer pis de vent, mais ma tête peut rester sur la terre ferme. De même, je vais peut-être venir à bout de préparer mes agrès pour la pêche. Quoique c'est mal parti. J'étais pas sitôt installé après avoir rapaillé tout mon attirail, que Louis à Edmond a apparu. Pierre à Charles avait téléphoné chez eux pour demander de m'avertir qu'il aurait besoin de moi au début de l'après-midi. Comme de raison, à l'heure où Louis se lève... la matinée était pas mal avancée. Et mes agrès sont encore restés là. Je suis rentré manger mon dîner. Je savais ni le genre d'ouvrage à faire ni sa durée, pis j'avais pas envie que la faim me fasse tomber sans connaissance.

Pierre à Charles était finalement prêt à monter sa grande table dans la maison du riche de l'Étang-des-Caps. Pis comme de raison, il avait besoin d'aide pour mettre tout son barda dans son truck, le débarquer, pis le placer dans la maison. J'en reviens pas comment il travaille bien. Pas de fioritures ni rien, mais mautadit, j'avais jamais vu une table ressemblant à ça. Les pattes sont pas tournées comme c'est coutume. Pour les faire, Pierre a mis ensemble plusieurs sortes de bois. Pour sûr, des bois qu'on trouve pas par ici, il les a fait venir par bateau. Il a choisi des bois qu'ont pas les mêmes couleurs, pour que ça donne l'effet qu'y voulait. Un bel effet pour vrai. La forme des pattes est originale, certain. C'est dur pour moi à décrire. Je connais pas les mots qu'y faudrait. En tout cas, je peux dire que c'était doux au toucher, pis bien agréable à regarder. L'image qui me vient, c'est celle d'une grosse vague qui se serait arrêtée, figée en l'air. Pour le dessus, il a mis quatre grosses planches, des planches d'au moins quatre pouces d'épais, une de chaque couleur de bois. L'idée du dessus est peut-être pas bien compliquée, mais une fois tout ça assemblé, le tableau est beau à regarder. Aucun clou ni vis pour sûr, les pattes rentrent direct dans leurs encavures pis les planches sont attachées ensemble par des goujons de bois. Encore là, les plus gros goujons que j'ai jamais vus. Pis Pierre à Charles, il avait fabriqué des serres de la bonne longueur à l'avance. Ça nous a quand même pris une escousse pour tout mettre en place. Une fois l'ouvrage faite, Pierre à Charles y s'est assis pour regarder. En changeant de place plusieurs fois pour voir sa table sur tous les angles. Il avait l'air tellement concentré, j'osais pas le déranger pour lui demander si je pouvais m'allumer une cigarette à l'intérieur de la maison, mais vu qu'y fumait pas lui-même, j'en ai conclu que je devais pas pouvoir, et je suis sorti fumer au dehors. J'ai fait le tour de la maison sur la galerie pis de chaque bord, la vue était belle. Pour sûr, le riche, y s'était choisi un beau spot ! Quand je suis rentré, Pierre à Charles jonglait encore à sa table mais y semblait pas trop content.

— Coudonc, Pierre, qu'est-ce qui t'tracasse avec ta table ? Elle est belle en tabarouette.

— J'sais pas trop. Me semble, c'é trop simple... Les pattes sont à mon goût, ça r'semble à c'que j'voulais, mais le dessus... j'suis pas convaincu du résultat. P't-être qu'y faudrait que j'mette des enjolivures... j'sais pas trop... j'veux pas faire quèque chose de quétaine non plus. J'vais pas me mettre à coller des coquillages dessus, mais j'aimerais ça de quoi de plus vivant pareil...

(...) Le propriétaire de la place doit juste arriver en juillet, j'ai l'temps de jongler à mon affaire comme y faut... Bon, ben là, j'suis tanné de parler pis de jongler itou, pis tu dois être encore plus tanné que moi. Aweye, on ramasse pis on fly.

Dans les jours qu'ont suivi, j'ai finalement trouvé moyen de préparer mes agrès. Je suis venu à bout de poser mes filets pour les éperlans pis je suis sorti pêcher le maquereau pour la première fois de l'année. Comme j'avais pas eu de nouvelles de Pierre à Charles depuis notre visite à la grosse maison, pis que ça me chicotait de savoir ce qu'il avait décidé, j'ai gardé ma dernière chaudière pour chez eux. Je suis ratoureux, des fois...

En arrivant, j'ai trouvé Pierre à son atelier, mais y m'a dit de rentrer avec mon maquereau, sa mère allait le mettre au frais pis apparence, elle avait un mot à me dire. Ça faisait moins mon affaire, mais des fois, je trouve que j'agis comme un enfant avec la mère de Pierre, faut que je prenne sur moi.

— Salut, André, j'suis bien contente d'avoir du maquereau, la première fois de l'année c'est toujours bien plaisant. Assis-toi, assis-toi. Voudrais-tu un thé ?

— Non, non, merci. Pis j'm'assis pas, j'sens l'maquereau, j'vais tout salir. J'fais juste rentrer... Pierre m'a dit que vous aviez quèq'chose à me dire ?

— Oui... Tu sais sûrement que Berthe à Ansime est partie en jet pour Québec ? Pour sûr, à son âge, si elle s'en sort, elle r'tournera pas dans sa maison. Je connais bien sa fille Carole, elle vit à New York, aux États... Elle m'a téléphoné pour me demander de voir à la maison. Elle m'a demandé de donner tout le linge de maison, tout le barda, les draps, les couvertures, les rideaux... Comme Pierre m'a dit pour ta visite de cet été, je t'ai gardé les choses que je pensais qui pourraient t'être utiles. Des paires de draps pour tes lits, des oreillers pis des taies de rechange. Il y a aussi des belles couvertures que j'ai mises de côté pour toi, j'me demandais si tu avais besoin d'autre chose ? Des rideaux peut-être bien, des nappes ?

– Mautadit, j'suis content ! Ça fait mon affaire en grand, j'me d'mandais bien comment j'allais faire pour acheter tout ça. Un gros merci ! Pis j'pense que des rideaux, ça f'rait pas de tort pour les chambres du haut. D'un coup que ma visite aimerait à dormir une fois le soleil deboute ! Une couple de nappes itou, j'imagine que ça s'rait pas une nuisance.

– Est-ce que tu vas avoir besoin d'autre chose ? Je peux aller voir c'qui t'manque, si tu veux...

– C'é déjà un gros boute de fait. Je d'manderai à Pierre de r'garder c'qui manque d'après lui.

– Pierre ? Pierre le saura pas plus que toi... Pierre a même jamais fait son propre lavage... J'y pense, comment ils vont faire pour laver leur linge ?

– Faites-vous en pas, on va s'arranger...

En disant ça, j'ai mis la main sur la porte. Je sentais que si je restais là trop longtemps, je reconnaîtrais plus ma maison. Je me suis déblâmé que j'empestais le maquereau, pis elle m'a dit qu'elle allait tout laver le barda et qu'elle l'enverrait par Pierre. Je l'ai remerciée, pis je suis sorti. Une visite payante, c'est le moins qu'on peut dire. Même si j'avais comme l'idée d'avoir échappé à quelque chose de justesse.

Une fois sorti de la maison, j'avais plus envie de parler avec Pierre. Je me sentais bizarre, comme si j'étouffais. Je pense que pour la première fois depuis l'annonce de ma visite, j'avais peur. J'ai pas dit mot à Pierre. J'ai rapporté mes chaudières vides chez nous pis je suis parti marcher sur les dunes. D'un coup, je voyais tout le chamboulement que cette visite-là allait apporter. Depuis le début, j'étais juste heureux de savoir que j'avais de la parenté. Pis j'avais l'espoir de les rencontrer un jour. Mais là, je me rendais compte que c'était pas juste un espoir, ils allaient être là pour vrai, et dans pas long. Pis j'avais peur. Dans les vingt-neuf dernières années, personne d'autre que moi a dormi dans ma maison. Tout un chamboulement s'en vient! Ma maison, c'est quasiment une partie de ma personne, on pourrait dire. Pis là, c'est justement dans ma maison que tout va se passer, c'est épeurant en tabarouette.

Comme de coutume, la marche au grand vent m'a fait du bien. Je me rends compte qu'y me faut pas aller trop vite avec cette histoire-là. Je dois pas passer tout mon temps à préparer l'arrivée de ma visite et à attendre. Bien au contraire, je vais retourner à mes habitudes. De toute manière, maintenant, la machine est partie. La mère de Pierre à Charles va voir à tout, que je le veuille ou non. Je peux arrêter de me tracasser et continuer ma vie comme avant.

Je suis pas retourné voir Pierre à Charles pour m'informer de sa table. Je voulais rester loin de sa mère pour une escousse. C'est lui qu'est venu faire son tour, un dimanche après-midi, de crachin. Une journée qui faisait plus penser à la fin de novembre qu'à la fin d'avril. J'étais assis au ras le poêle, avec une petite attisée pour couper l'humidité, pis je sculptais un petit oiseau que j'essayais de faire ressembler à un pluvier. Comme de raison, j'écoutais de la musique, la Jorane. Vu que la Jorane, sa musique s'entend bien à faire voler les oiseaux. Surtout ceux qu'aiment à planer au-dessus de la mer comme les pluviers. Quand Pierre à Charles est entré, j'ai arrêté la musique. C'est drôle mais avec Pierre, je sais juste en le regardant si y file pour écouter ou bien pas. Pis lui comme moi, on n'aime pas à parler par-dessus la musique. Il a commencé par préparer du café pis y s'est assis à la fenêtre qui donne au large en attendant que le café monte. Sur la petite table au ras du poêle, y'avait mes dernières créations, comme on dit ! Pierre s'est mis à les regarder et à les prendre en main pour toucher comme elles étaient lisses. J'étais content de le voir faire, je trouvais que je m'étais amélioré pas mal depuis mes débuts.

– T'es rendu pas mal bon, André. Si tu veux, tu pourrais essayer quèq'chose maintenant... Parce que si tu continues de même, y'aura aucune différence entre tes sculptures faites à la main, pis les bébelles faites à la chaîne en Chine pis vendues dans les magasins à une piastre... Y faudrait que tu trouves la façon de les rendre uniques... Comme le pluvier que t'é en train de faire, déjà c'é bon, c'é un oiseau en particulier. Mais en plus, tu pourrais le faire, j'sais pas trop... avec une aile fermée pis une aile ouverte comme quand y'a un gros vent pis que le pluvier se fait brasser les plumes sur le bord de l'eau. Vois-tu c'que j'veux dire ?

– Oué, oué, c'é sûr, j'vois de c'que tu parles... mais c'é pas mal plus difficile à faire. J'vas m'essayer en tout cas, on verra bien c'que ça donne. Dis-moi donc, qu'est-ce que t'as décidé pour ta table ?

– Ah... j'ai décidé de la laisser comme telle. J'suis r'tourné la voir une couple de fois pis finalement, j'me suis habitué. Elle est simple, c'é sûr, un brin roffe [19] itou, mais je l'aime de même.

---

19. Déformation de l'anglais, rough : grossier, rudimentaire.

– J'suis content. Moi, ta table, j'aurais pas aimé à c'que tu la changes.

Le café était prêt et Pierre nous a servis. La parlure était terminée. Pierre m'a demandé si je mettrais monsieur Mozart, et le reste de l'après-midi, a passé comme ça, à l'écouter. J'ai pas été en mesure de me remettre à mon pluvier par exemple. Quand il y a monsieur Mozart, il peut pas y avoir autre chose.

Fin mai, mes matelas sont arrivés sur le bateau. Pierre à Charles est venu avec moi les chercher pis par la même occasion, il m'a ramené tout le barda que sa mère avait mis de côté pour moi. Une fois que tout a été débarqué, je lui ai demandé de me dire ce qui manquait encore dans la maison, selon lui.

– J'vais te faire deux pôles à rideaux pour les chambres pis sinon, t'es correct. Maman t'a rajouté des serviettes pis toutes sortes de linge de maison à ton barda. Tu pourrais p't-être te gréyer encore d'autres affaires, mais t'as le principal. Tracasse-toi pas, t'es fin prêt... Est-ce que tu sais quand est-ce qu'y arrivent ?

– Oui, la Jeune a appelé, ils ont réservé sur le bateau du 3 août pis y vont rester deux semaines. J'suis content en diable que la Jeune vienne avec eux. Me semble, ça va être moins gênant que d'les r'cevoir tout seul.

– La Jeune... tu veux dire la plus jeune de chez Edmond à Johnny ?

– Oué, j'pense que son p'tit nom, c'é Carole, mais je l'é toujours appelé la Jeune, tout le monde l'appelle de même chez eux.

– Certain que son nom c'é Carole, j'suis allé à l'école avec. J'aurais donc aimé à être plus vieux dans c'te temps-là... Elle était une année en avance sur moi, pis en plus, j'étais p'tit à l'école... j'me suis mis à pousser juste arrivé en secondaire cinq, pis Carole était déjà partie étudier à l'extérieur. J'ai jamais réussi à l'approcher. Elle a pas fait comme les étudiants qui reviennent passer leurs vacances d'été et celles des Fêtes. Pendant plusieurs années, on l'a perdue de vue. Après, elle s'est mise à venir aux Îles de temps en temps, mais jamais plus que pour deux semaines d'affilée. Quand j'la croise, j'pense qu'a me r'connaît même pas. C'é drôle que vous l'appeliez encore la Jeune, a l'a trente-six ans maintenant, c'é pas si jeune ! Maintenant, la différence d'âge, ça compte plus, sauf que pour moi, elle est encore moins approchable qu'avant.

– J'vois pas pourquoi tu dis ça.

– Ben, on est pas sur la même longueur d'onde, disons... moi, j'suis sorti des Îles durant trois ans pour les études pis pour mon cours d'ébénisterie... ç'a été les années les plus difficiles de ma vie tellement je m'ennuyais des Îles. J'arrivais pas à m'habituer à la ville. À part ça, j'suis un manuel, j'aime pas les longues conversations pis j'ai toute la misère du monde à v'nir à boute de finir un livre quand j'en commence un. Pis elle, a l'a voyagé partout dans le monde, elle a fait des longues études, elle a une maîtrise si c'est pas un doctorat... Le moins qu'on peut dire, c'est que j'pense pas qu'a me trouverait intéressant...

– J'sais pas trop... J'sais pas c'é quoi une maîtrise ni un doctorat, mais la Jeune, elle aime les choses simples... C'était vraiment une p'tite sauvage avant, pis elle l'é encore c'é sûr. Pis j'suis certain que si a te parle pas quand a t'rencontre, c'é soit la gêne ou bien donc qu'elle é dans la lune... A passe son temps avec le fou de la place, oublie pas ça ! Pis en plus, t'é musicien... c'é bon pour toi.

– J'suis pas musicien, André, j'joue du violon, j'suis un violonneux, c'est pas pareil, pis toi, t'es pas fou.

– Oué, oué, c'é comme tu dis... J'en r'viens pas que t'é plus jeune que la Jeune, j'aurais pas cru ça. Faut dire que tu te tiens avec des vieux... Mais en tout cas, cet été, tu vas voir que j'vais vous forcer à vous parler, toi pis la Jeune. Pis tu verras bien si j'ai tort, ou bien si j'ai raison...

Pierre est parti sans rien rajouter, comme si je le décourageais pis qu'y voulait pas en entendre plus long. Mais dans le fond, j'suis bien sûr qu'il a hâte que je lui présente la Jeune. Ça va être amusant à voir cet été.

| La musique au Vieux Treuil

À la mi-temps de juin, les boutiques, les bars et les cafés de La Grave ont rouvert, un à la suite de l'autre. Et comme de raison, j'allais faire mon tour souvent, au cas où j'attraperais un bout de musique. C'était plus tranquille que de coutume. Faut dire, c'était pas un mois de juin des plus fameux. Du temps frète pis humide, souvent avec de la brume. Et vu que l'eau s'y trouve des deux bords, pis que La Grave est pas bien large, quand la brume se lève là, elle fait juste une bouchée des bâtiments. Les deux bords de mer se rejoignent, et la brume y est pareille comme au grand large. Un temps de même, La Grave est pas l'endroit le plus joyeux où se tenir. J'ai entendu pareil des airs sortir des bars mais le premier vrai spectacle au Vieux Treuil a seulement été à la fin du mois. Pis là, y s'est passé de quoi de spécial.

C'était encore un soir de brume mais comme j'avais su en écoutant du monde parler que y'aurait un spectacle, j'étais accoté à ma place en avance, à fumer en attendant. Pis là, y'a Marc à Théophile qui m'a demandé d'entrer écouter le spectacle en dedans. Au début, j'ai été surpris pis je comprenais pas trop. Je me demandais s'il était tanné de me voir traîner autour ou quoi. Il m'a mis un billet dans la main pis y m'a dit d'entrer, que j'avais rien à payer. Pareil, j'étais pas sûr que j'en avais le goût. Malgré qu'au dehors la brume me traversait de bord en bord. Mais y m'a expliqué que la place était quasiment vide pis que c'était pas plaisant pour un artiste de faire un show devant deux ou trois personnes. J'ai fait comme y voulait, pis je me suis installé en dedans, sur la même chaise que la fois avec Louis à Edmond. Pour sûr, Louis était pas là pour me tenir compagnie et me tranquilliser ce coup-ci. D'un autre côté, la place vide de monde m'impressionnait pas trop.

Au début, y'avait autant de personnes sur le devant que y'en avait d'assis. Ils étaient six à s'installer. Une chance que Marc à Théophile a réussi à rapailler [20] d'autre monde au dehors... Quand ils ont commencé, on devait bien être une douzaine. Même que y'en est sûrement arrivé d'autres parce qu'à la fin du show, on était encore plus à sortir. Mais moi, j'avais arrêté de m'intéresser au monde du moment où j'avais vu un violoncelle arriver. C'était pas la Jorane, mais une fille encore plus jeune, pis encore plus petite. Je la quittais pas des yeux. Pareil, quand la musique a commencé, mes oreilles sont parties du bord du piano. On aurait dit une vague qui sortait de

---

20. Rapailler : trouver, regrouper.

ce piano-là. Une vague d'été qui arrive sur le sable par une journée pas bien venteuse. Après, les voix sont embarquées à bord. Les paroles devaient être un genre de poésie, j'en comprenais pas le sens en toute. Les mots faisaient de la musique eux autres itou, tout pareil à des instruments. Après, le violoncelle s'est rajouté, la guitare, un tambour, pis là j'entendais tous les instruments ensemble, avec des fois un qui prenait le dessus sur les autres. J'étais content en diable d'être en dedans pour voir ça. Une bien belle image. Tellement, j'étais pas capable de fermer les yeux comme de coutume pour écouter. Mes yeux, c'est comme mes oreilles, ils font à leur tête des fois. Pour sûr, si j'avais été en mesure de fermer les yeux, j'aurais mieux écouté... D'un autre bord, pour une fois, c'est mes yeux qui se laissaient gâter. Pour sûr itou, quand j'écoute la musique accoté sur le mur d'en arrière, je ferme pas les yeux non plus, je regarde la mer. Là, mes yeux regardaient la musique bien en face, pis ça changeait ma façon de l'entendre.

Après le spectacle, j'aurais aimé acheter leur disque à ces jeunes-là, et pouvoir l'écouter tranquillement... les yeux ouverts ou fermés. J'ai été soulagé quand j'ai vu qu'ils en avaient pas à vendre. J'ai pas les moyens de m'acheter de musique dans ce temps-ci. Tout le monde de la salle semblait avoir aimé le spectacle, ils arrêtaient au pied de la scène pour féliciter les artistes avant de partir. Moi, je me suis pas arrêté, j'ai levé mon pouce en l'air, en les regardant et en clignant de l'œil, et ça les a fait rire.

Après ce soir-là, à chaque fois où la place semblait pas assez remplie, Marc à Théophile me donnait un billet pour que j'écoute le spectacle en dedans. Pareil, c'est pas tous les soirs où je profitais de son offre. Y fallait que la salle soit vraiment vide et que le temps soit pas fameux au dehors. Anyway, tout ça a pas duré. Rendu au milieu de juillet, la salle débordait toujours de monde, pis j'écoutais les spectacles à ma place, accoté face au large. Plus le mois d'août approchait, plus je me forçais à penser à la musique. Et penser le moins possible à l'arrivée de ma visite. Les chambres étaient prêtes depuis une escousse. Pierre à Charles m'avait fait des tringles à rideaux et il était venu les poser. On avait fait les lits ensemble. Il m'avait donné un support pour faire sécher les serviettes pis il l'avait accroché au ras le bain. Il m'avait même posé des petites tablettes itou pour déposer des savons ou d'autres affaires pour se laver. Tout était fin prêt et j'avais rien à faire en toute. Pareil, arrivé à la fin de juillet, j'étais nerveux en tabarouette.

Des fois, en écoutant ma musique, je revoyais Julie. Je sentais une douceur derrière ma tête, appuyée sur elle. Le seul souvenir que je gardais d'elle. Mais un beau souvenir par exemple. Dans ces moments-là, je me sentais calme et j'avais pas peur en toute de l'arrivée de ma visite. D'autres fois par exemple, je pensais à comment la vie pis le monde devaient être différents en France, comparé à ici, pis là, la peur me prenait à les attendre.

| L'arrivée de la visite

S ur la Pointe, les voitures du traversier arrivent toujours à la même heure. Vu que y'a juste un chemin pour traverser le Havre-aux-Basques, que le monde décide d'arrêter une minute pour acheter quelque chose, ou bien dont pour faire le plein, ou qu'ils arrêtent pas pantoute, ils se retrouvent un à la file de l'autre pour traverser la dune pareil... Et ils arrivent tous en même temps de ce bord ici. Ce qui fait qu'en entendant une voiture sur le chemin de la Pointe, je savais que ma visite arrivait. Je me suis levé et je suis resté planté là à attendre, au coin de la maison. J'étais calme. J'écoutais de la musique depuis une bonne escousse, monsieur Mozart. J'avais besoin de mon meilleur pour m'aider à penser à rien. Et comme je l'ai dit, ça avait assez bien marché, j'étais calme. Une chance... Je m'attendais pas à ce que leur arrivée se passe de même en toute.

Du moment où la voiture s'est arrêtée, deux petits diables en sont sortis en criant. Ils ont couru vers la baie, direct au travers les herbages. En écrasant sur leur chemin des plantes sauvages pis des petits arbres qui prennent des années pour gagner un pouce. On aurait dit qu'ils étaient en pleine jungle et qu'ils voulaient détruire le plus possible pour ouvrir un nouveau passage. Le sentier pour se rendre au bord de l'eau est pourtant pas bien difficile à voir. Je me suis retourné en les suivant des yeux. J'étais figé. De surprise, j'en avais oublié Marie. Elle doit s'être approchée sans que je l'entende. Quand elle s'est mise à parler, j'ai sauté en l'air de surprise. Mon beau calme amené par monsieur Mozart était plus là en toute, il avait filé en courant au bord de l'eau.

– Je m'excuse pour les enfants. Ils n'ont pas l'habitude de rester aussi longtemps assis en voiture. Depuis deux jours, nous leur répétons continuellement qu'une fois arrivés, ils pourront passer tout leur temps dehors, à jouer sur le bord de la mer...

J'étais encore figé. La surprise, pis sa façon de parler itou, m'empêchait de me ressaisir. Je me disais que je devais dire quelque chose mais c'est comme si j'en étais plus capable. C'est la Jeune qui m'a sauvé.

– Salut, André, j'suis contente de t'voir.

En disant ça, elle s'est montée sur la pointe des pieds et elle m'a mis deux becs, un de chaque côté. J'avais déjà vu ça faire, mais la chose m'était encore jamais arrivée en vrai. Pis là, en regardant Marie, elle a dit : « André est encore sous le choc. À la Pointe, les affaires se passent jamais aussi vite. J'suis certaine que plusieurs personnes sont aux fenêtres, à regarder vers la dune, et à se demander qui vient de débarquer du bateau énervé de même. »

– Non, la Jeune, tu t'trompes. Le monde aux f'nêtres, y regardent par ici.

J'ai réussi à expliquer que le monde était curieux de chercher à voir qui venait me visiter, pis une fois la première phrase dite, je me sentais mieux. J'ai tendu la main à Marie en lui disant la bienvenue. Elle a pris ma main, pis elle a fait comme la Jeune, elle m'a donné deux becs, un de chaque bord. Je me suis dis que c'était bien d'adon que je venais de prendre mon bain, et de sentir le savon plutôt que le maquereau. Après on a sorti les bagages de la voiture et j'ai montré la maison à Marie.

Sur son visage, j'ai remarqué tout de suite que la maison était à son goût. La vue qu'on a sur le dehors lui faisait plaisir. Elle s'est arrêtée pour regarder à chacun des châssis, pis pour sûr, plus longtemps à ceux qui donnent au large. On y voyait les enfants à courir sur le bord de l'eau. Nus pieds, les pantalons remontés, et je me suis dis qu'ils étaient peut-être pas si sauvages, finalement. En haut, Marie avait l'air contente en inspectant les chambres. Elle a dit qu'elle s'attendait pas à être si bien logée. Et j'ai pas pu m'empêcher de faire mon faro : « Les matelas sont neufs tout les deux, y'a personne qu'à couché d'dans encore. C'est vos chambres, maintenant. » La Jeune était avec nous autres en haut, et elle regardait mes petits oiseaux dans la chambre des enfants.

– Dis-moi donc, André, ça vient d'où, ces oiseaux-là ?

– Oh ça... c'é moi qui m'amuse.

– T'es bon. Est-ce que t'en as d'autres ? Tu fais ça comment ?

– Oué, j'en ai fait d'autres. J'vais te montrer ça en bas, j'vais te montrer mes outils itou. C'é Pierre à Charles qui m'a appris comment faire.

Je me suis trouvé pas mal bon d'avoir déjà réussi à ploguer Pierre à Charles vite de même, tandis que j'étais à peine revenu de ma surprise de l'arrivée de ma visite. Une fois en bas, Marie a dit qu'elle avait besoin de se dégourdir les jambes pis elle est sortie marcher sur le bord de l'eau. La Jeune est restée avec moi. Elle m'a demandé si elle pouvait faire du café, pis on a regardé les petits oiseaux de bois et je lui ai montré mes outils. Une fois le café prêt, on s'est installés dehors sur ma nouvelle galerie. Devant nous, il y avait la mer et Marie qui marchait, les enfants autour d'elle. Des fois, ils couraient en avant et d'autres fois, ils traînaient en arrière. La Jeune m'a dit qu'elle reviendrait demain, et elle est partie après être allé saluer Marie et les enfants sur la plage.

J'ai réalisé à ce moment-là que Marie avait pas de voiture et je me suis dit qu'il fallait que je trouve un moyen d'emprunter des bicycles à quelqu'un de par ici. Pour se rendre à la vraie plage, comme le monde aime à aller, avec des dunes pis du beau sable, c'est une bien trop longue marche à pied. Mais pour tout de suite, c'était pas les bicycles qui me tracassaient. Ils allaient revenir à la maison dans pas long, et je me demandais si ma mangeaille allait être à leur goût. Pourtant, mon affaire était pensée à l'avance. Pour à soir, j'avais fait des galettes à la morue, il restait juste à les faire cuire. Et pour demain, je ferais une grosse soupe de poisson. De même, j'en aurais assez pour inviter la Jeune et Pierre à Charles à souper et faire mon ratoureux. J'étais pas capable de penser à plus loin. Mais là, j'étais en train de me dire que peut-être les enfants voudraient rien savoir de manger du poisson. Pis moi, j'avais rien d'autre. Même si dans mon frigidaire j'avais bien des affaires qui s'y trouvaient pas de coutume, rien de tout ça pouvait faire un repas. J'avais un sac de pommes, un sac d'oranges pis des bananes. Ça se met pas au réfrigérateur... Foi d'un connaisseur ! Des pots de confitures, j'en avais de trois sortes, aux petites fraises, aux groseilles pis aux bleuets. Pis j'avais pensé à acheter du lait pour les enfants. Dans mon café, moi j'en mets jamais, mais c'est bon d'en avoir pour la visite. Louis à Edmond, par exemple, il en prend toujours une goutte. Pis pour sûr, Marie-Louise à la boulangerie, elle m'avait donné des affaires pour le déjeuner, et mon congélateur était plein de pâtisseries sucrées que le monde mange au matin.

Marie et les enfants revenaient vers la maison et je me suis dépêché de sortir la hose[21]. Au ras de la corde à linge, j'ai un petit plancher en bois que je me sers pour nettoyer les palourdes de leur sable. Dans les autres maisons, ça sert de marche pour étendre le linge. Pour sûr,

---

21. Hose : mot anglais, boyau d'arrosage.

avec ma grandeur, la marche a pas le même usage. Mais je l'ai quand même fait avec son trou pour le poteau, tout pareil à la coutume, parce que je trouve ça beau. Pis la chose est bien pratique pour se nettoyer les pieds et pas ramener la plage dans la maison.

En approchant, Marie m'a vu faire et elle a dit aux enfants de se nettoyer les pieds. Moi, j'ai sorti une belle serviette de plage rouge donnée par la mère de Pierre à Charles. Et tant qu'à faire, j'ai sorti une chaise que j'ai mise sur la marche. Pis je suis retourné m'asseoir à ma place. Ça donnait une belle image à regarder. La chaise de bois, la serviette rouge. Les enfants de plusieurs couleurs. Marie de la couleur du foin. Et la corde à linge à côté. Pis la mer en arrière. Pour sûr, en finissant, ils ont étendu la serviette sur la corde et on aurait dit que c'était prévu comme tel, pour faire un beau tableau.

C'est la petite qui a fini en premier de se laver les pieds. Elle s'est approchée de moi en douceur. Je voyais bien qu'elle était pas des plus braves. Que chaque pas dans ma direction y coûtait. Moi, je faisais semblant de rien. Je me suis mis à regarder au large, comme si j'y voyais quelque chose de bien intéressant. Mais l'affaire est pas allée plus loin. Son grand frère l'a dépassée en s'en venant me voir. Lui itou, il avait peur, mais il voulait pas le laisser paraître. Il s'en venait vers moi comme si j'étais un gros chien à côté d'une porte, et qu'y devait absolument l'ouvrir, cette porte-là. Pourtant, j'étais sûrement autant épeuré que lui, sinon plus.

– Bonjour, mon nom est Léo et elle, c'est Mireille, ma petite sœur.

Il a dit ça en me tendant la main. J'ai pris sa main et j'ai fait comme la Jeune et Marie avaient fait avec moi, je lui ai mis deux becs, un de chaque bord. Ça devait être la bonne chose à faire, en tout cas, il a pas eu l'air surpris.

– Moi, j'm'appelle André. J'suis ton oncle André.

– Non, vous êtes l'oncle de maman. Vous êtes mon grand-oncle.

– C'é vrai... t'as bien raison... T'as quel âge, Léo?

– J'ai bientôt huit ans, mon anniversaire est le quinze septembre. Et elle, elle a quatre ans.

Pis là on a entendu une petite voix, à peine un souffle, dire qu'elle avait soif.

– Y'a de l'eau ou bien du lait. Qu'est-ce que tu veux boire?

En lui demandant, j'étais sûr que son frère répondrait à sa place, pourtant, je m'étais trompé. Elle a dit « du lait », oh, pas bien fort, il fallait quasiment lire sur les lèvres mais c'était un début. Les petits enfants, ils ont bien de la misère à ouvrir la bouche devant moi de coutume, j'y suis habitué. Je me suis levé pour aller lui chercher du lait pis y m'ont suivi tous les deux en dedans. En entrant, j'ai rempli un verre pour Mireille, et j'ai demandé au petit Léo s'il en voulait lui aussi. Il m'a juste fait oui de la tête, il était figé sur le pas de la porte. La petite Mireille buvait son verre bien tranquille à côté mais avec les yeux qui regardaient de tous bords. J'étais pas sitôt revenu avec le verre pour Léo que Mireille me tendait le sien : « Encore, s'il vous plaît ». En retournant au frigidaire, j'ai suivi le regard de Léo, c'était mes petits oiseaux qui le figeaient. Ceux placés devant le châssis qui donne au large. Je lui ai dit qu'il pouvait se rendre les regarder de plus près, et il s'est dépêché de finir pour s'approcher du châssis. Bien lentement, comme s'il voulait pas que les oiseaux s'envolent à son approche. La petite Mireille buvait son deuxième verre moins vite en jetant des regards de mon côté de temps en temps. Je faisais mon comique en faisant semblant de rien, pis elle s'est mise à rire assez vite. J'étais content de voir qu'elle serait pas trop difficile à amadouer. En terminant, elle m'a tendu son verre, et elle a fait ses premiers pas dans la maison. J'ai compris que ça devait être défendu pour eux de boire en bougeant. Je me suis dit que Léo allait se faire mal au cou à force de regarder vers le haut pis je suis allé lui chercher un oiseau dans ceux que j'avais finis pis pas encore accrochés. J'le lui ai mis dans la main sans rien dire et il m'a regardé sans ouvrir la bouche lui non plus. Mais il a repris la contemplation de ceux du châssis. La petite Mireille avait l'air de trouver l'activité pas mal plate. Et j'ai laissé Léo à ses oiseaux pour m'occuper d'elle.

– Veux-tu manger un fruit ? J'en ai dans le frigidaire.

La petite Mireille me regardait avec de grands yeux et j'ai ouvert le frigidaire en lui faisant signe de venir voir. Elle a ri et je me suis dit qu'elle en avait sûrement jamais vus d'aussi vides. Elle a pointé les pommes en m'en demandant une. Et elle a dit merci d'une voix un brin plus forte. Léo est sorti de sa contemplation et il m'a demandé s'il pouvait avoir une pomme lui aussi. Je lui ai dit de se servir, je voulais qu'il fasse ici comme s'il était dans sa maison. En ouvrant le frigidaire, il a ri lui aussi.

– Vous mettez les bananes au froid ?

– C'é pas comme ça qu'y faut faire ?

– Non, elle vont devenir toute noires. Vous allez devoir faire un gâteau.

Comme il disait ça, Marie est rentrée dans la maison et la petite Mireille s'est dépêchée de lui dire en riant: « Maman, oncle André, il fait comme papi Léon, il met les bananes au réfrigérateur. » Marie a ri en prenant la petite dans ses bras et moi, j'étais content de voir que j'étais pas le seul à pas savoir comment garder des bananes. J'ai offert à Marie que si elle voulait montrer leur chambre aux enfants et les installer, je pouvais commencer à préparer le souper. Mais elle a eu l'air de trouver la journée pas assez avancée pour manger, et je lui ai dit que j'allais aller marcher d'abord, pis qu'on mangerait un peu plus tard. Les enfants ont crié en même temps qu'ils voulaient venir eux aussi, mais j'ai pas eu le loisir de répondre. Marie a prétendu qu'elle voulait leur montrer leur chambre et qu'ils défassent leurs bagages. Je me suis demandé si Marie s'était rendu compte que j'avais le goût de me retrouver un brin seul, en tout cas, rien a paru.

Pour sûr, c'était vrai que je voulais me retrouver seul. J'ai pris par la dune pour pas passer au devant des maisons. J'avais pas envie d'être obligé de répondre aux questions du voisinage. Non, j'avais besoin d'une pause. J'avais beau être content, il me fallait marcher sur la dune en regardant au large. Et penser le moins possible. Je tournerais de bord une fois arrivé à la Baie. Comme ça, ma marche me prendrait à peu près une heure. Il s'agissait pas de partir dans la lune, et d'y passer la soirée, en oubliant ma visite.

Je les ai rencontrés en revenant à la maison. Ils étaient ressortis tous les trois sur la dune. Et je leur ai dit de continuer à s'amuser, que je les avertirais quand le souper serait prêt. Je venais de mettre les galettes à la morue dans la poêle qu'ils rentraient dans la maison. Les maringouins les avaient chassés du dehors, comme il arrive souvent à cette heure-là du jour. Le vent devait avoir calmi un brin, juste avant de se mettre à forcir, comme il arrive souvent itou. J'avais peur de faire brûler mes galettes avec la gang dans la maison. Mais Marie m'a dit qu'elle allait mettre la table et elle l'a fait sans me poser une seule question. Mireille était assise par terre à dessiner et Léo était monté dans le haut. J'en revenais pas que ce soit autant silencieux dans la maison. Même qu'en servant les galettes à la morue, j'ai vu que Marie avait préparé une salade et je m'étais rendu compte de rien.

Un beau repas. Tout le monde aimait mes galettes, et avec la salade, je nous trouvais pas mal chics. Après souper, Marie est montée avec les enfants pour leur donner un bain. On avait pas parlé beaucoup en mangeant, assez pourtant pour savoir que demain, la Jeune viendrait les prendre dans la matinée pour les amener à la plage. J'ai demandé à Marie de dire à la Jeune de rester à souper et je l'ai prévenue aussi qu'au matin, à leur réveil, je serais déjà parti en pêche pour sûr. Apparence que c'était pas si certain, vu que des fois Léo pouvait se réveiller aux aurores. Les enfants m'avaient souhaité une bonne nuit avant de monter. Avec la journée de voyagement qu'ils avaient eue, ils iraient dormir sitôt leur bain pris. J'ai eu droit à des becs et j'étais content de voir Mireille se dégêner. Mireille, elle avait l'air d'une rieuse, avec toujours un petit sourire en coin. Son frère semblait plus sérieux. J'ai débarrassé, je suis sorti dehors fumer un brin et je suis rentré me coucher que Marie était pas encore redescendue. Ça faisait bizarre, les bruits dans la maison. Dans mon lit, j'entendais Marie raconter une histoire aux enfants. Oh, elle parlait pas fort, mais je l'entendais pareil. Et même si ça brassait mes habitudes, j'étais bien content de les avoir là.

Le lendemain, je suis parti en pêche sans rien entendre venant du haut. Pour sûr, j'avais porté attention à pas faire de bruit, et avec les châssis d'en haut ouverts, et la brise, le bruit du bas devait pas s'entendre beaucoup. Le matin, au point du jour, c'est le moment de la journée où je trouve le plus plaisant d'être tout fin seul. Faut dire, ça fait longtemps que je passe mes matinées de même, sans aucune parole. Rien d'autre, entre moi pis la nature qui se réveille. Même du vivant du vieux, si la chose arrivait qu'y soit debout à mon départ en pêche, on n'avait jamais un mot. Pas par mauvaise humeur ni rien. Le matin aux aurores, on dirait juste que le temps est pas encore venu pour les parlures.

Le vent était fort un brin, et la mer houleuse, mais pas assez grosse pour m'empêcher de sortir ni de remonter mes filets. Le vent avait pas l'air non plus de vouloir forcir beaucoup. Non, juste un bon vent d'ouest, comme de coutume.

En revenant, après ma tournée, j'ai trouvé la maison vide. Un dessin m'attendait sur la table. Un soleil, une ligne bleue, pis quatre bonhommes, deux petits et deux grands. J'ai pris le dessin et je l'ai mis dans ma chambre. Après, je me suis dépêché de prendre un bain et d'étendre mon linge de pêche pour le faire éventer sur la corde à linge. C'est seulement une fois l'odeur de maquereau partie que j'ai fait mon café. J'ai mangé assis au dehors. J'aurais dû aller faire un tour chez Pierre à Charles pour l'inviter à souper, mais je me sentais lâche [22] en diable. J'avais juste envie de rester là, à fumer, pis à profiter du calme. On aurait dit que la Pointe était déserte. Aucun

_____

22. Lâche est employé ici dans le sens de paresseux.

bruit à part celui des oiseaux pis du vent dans les herbages. Le truck a pas été dur à entendre arriver. Je l'ai reconnu du moment où il a tourné de la grand-route. Mais j'ai attendu qu'il soit arrêté au devant de la maison avant de me lever.

– J'suis installé en arrière, veux-tu un café ?

Je suis rentré et ressorti avec le café pour Pierre à Charles, et une pomme pour moi.

– Tabarouette, André, ça change tes habitudes d'avoir de la visite !

J'ai rien rajouté à ça, je l'ai laissé dire en souriant.

– J'suis bien content d'te voir, j'voulais que tu viennes souper mais j'étais bien ici au frais. J'manquais de courage pour me rendre jusqu'à chez vous. En plus, y faut que je commence à préparer ma soupe dans pas long... Ça marche-tu ?

– Ben là, j'sais pas trop. C'est vite me semble, t'aimes pas mieux passer un peu d'temps avec eux autres tout seul ?

– J'ai invité la Jeune itou, anyway. Pis comme j'fais ma soupe de poisson, c'é asteure ou pas pantoute pour les invitations.

– Ok, c'est correct, j'vais être là. Mais ça me gêne un brin... Tu les trouves comment, tes visiteurs ?

– Oh, tu vas voir qu'y sont pas compliqués en toute. Marie est bien fine, a parle pas beaucoup mais a sourit souvent. Pis les enfants, c'é toujours des enfants, même si y parlent pas comme nous autres. Y sont pas bien gênants. J'commence à avoir du fun avec la p'tite Mireille, a se dégêne vite... ça m'a l'air d'une p'tite comique, celle-là.

– Pis le p'tit gars, y'é comment ?

– Ben, lui, y'é plus sérieux, y sourit pas ben ben...

– P't-être que y'é plus affecté par la mort de son oncle pis par la séparation de ses parents. Y'a quel âge ? Y'é probablement assez vieux pour comprendre, contrairement à la p'tite Mireille.

– Oué, j'pense bien que t'as raison. Léo, y'a sept ans, bientôt huit, comme y dit ! J'vais l'amener en pêche un de ces matins, y devrait aimer ça, crois-tu ?

– J'suis sûr qu'y va aimer ça, mais sa mère le laissera jamais aller si t'as pas de veste de sauvetage pour lui. J'vais demander à mon frère Jean, j'suis pas mal sûr que y'a encore les gilets des enfants de quand y'étaient p'tits. Y se débarrasse jamais de rien, Jean. Pis tant qu'à faire, j'vais en emprunter pour toute ta gang, au cas où tu voudrais les amener faire un tour sur l'eau par une belle journée calme.

Une fois nos affaires arrangées, on a rien dit pendant une escousse. Juste être là, assis, sans parler ni même avoir de musique à écouter, c'était plaisant. Pour sûr, il y a toujours une sorte de musique qui joue pareil. Le vent dans les herbages, les petits moineaux juste à côté ou les oiseaux de mer qu'on entend de plus loin. Des fois, quand il y a pas une haleine de vent, on peut même entendre la mer qui passe le goulet, mais il faut vraiment y porter attention.

Après un bout, je suis rentré chercher des patates pis on les a épluchées ensemble. Quand le temps est venu de mettre mon bouillon à dégeler sur le feu, pis de couper mes oignons, Pierre en a profité pour filer. Il allait me rapporter un pot de palourdes pour ma soupe. Une bonne idée pour sûr, mais j'ai pour mon dire qu'il voulait surtout une déblâme[23] pour retourner chez eux, et se tchéquer[24] un brin.

Pas long par après, toute la gang est arrivée de la plage, pis j'ai été content de voir qu'ils me rempliraient pas la maison de sable. Les enfants ont même enlevé leurs costumes de bain, et se sont rincés à la hose, avant de s'abriller dans des serviettes propres. Et la corde à linge s'est remplie de couleurs. Des couleurs bien plaisantes à voir, surtout quand le vent les fait danser et que les ombrages dansent elles itou, plus loin dans les herbes.

Marie est rentrée la première pour faire couler un bain aux enfants. Elle est venue d'abord me voir au ras du poêle pis me donner un bec sur chaque joue en disant que ça sentait bon le poisson dans la maison. J'ai ri de réaliser que je m'étais dépêché de me laver pour pas sentir le maquereau pis que là, c'était la maison au complet qui embaumait le poisson rapport à ma soupe. Elle était contente de sa journée à la plage. J'en ai profité pour la prévenir qu'on aurait la visite de Pierre à Charles pour souper pis elle m'a dit qu'elle avait fait mon message, et que la Jeune resterait elle itou.

Les enfants étaient avec la Jeune au dehors. Elle se nettoyait le sable sur les jambes en faisant semblant de les arroser. Et eux, ils couraient se mettre à l'abri en criant. Ils ont continué tant que Marie est pas redescendue les chercher. En passant, Marie m'a regardé en souriant et j'ai compris qu'elle les avait vu faire du châssis d'en haut. Les enfants sont entrés en riant pis tous les deux en même temps, ils se sont arrêtés net sur le pas de la porte.

---

23. Une déblâme : une excuse.
24. Se tchèquer : se mettre beau, s'habiller proprement.

Quand on arrive du dehors, par jour de soleil, la maison peut nous sembler sombre avec le bois partout. La maison a quelque chose de spécial qui te calme si t'arrives énervé. Avec Pierre à Charles, on en avait parlé bien des fois. Toujours est-il qu'après avoir figé un bout, les enfants se sont approchés doucement et ils m'ont donné des becs avant de monter prendre leur bain. La Jeune est rentrée juste après avec une bouteille de vin à la main. « Salut André. J'peux-tu mettre ma bouteille de vin au frigo ? » Je lui ai fait signe de la tête pis elle est venue me donner des becs elle itou.

– Ça va te faire du monde pour souper... En tout cas, j'te remercie de m'avoir invitée, Louis m'a dit que ta soupe de poisson était pas battable... j'ai hâte de goûter ça.

– Y va y avoir Pierre à Charles itou qui va être avec nous autres. Ça me fait penser que je vais manquer de chaises... j'irai en chercher chez Marie-Louise t'à l'heure.

– J'peux y aller si tu veux.

– Non, non, tracasse-toi pas. R'pose-toi, ça doit être fatiguant toute une journée à la plage !

– Ris pas, c'est vrai que c'est fatigant, surtout que j'me suis rendue au bout du banc. J'prendrais bien un café, est-ce que je peux en faire ?

Pas longtemps après, juste comme la Jeune mettait le café sur le poêle, Pierre à Charles est arrivé. Les bras chargés de mangeaille. Des palourdes, comme il l'avait dit, une bouteille de vin, qu'il a mis au frigidaire lui itou, pis une tarte aux bleuets que sa mère avait faite au courant de l'après-midi. Il s'était même arrêté au dépanneur pour acheter de la crème à la glace et des cornets pour les enfants. Pis comme de raison, il s'était mis swell pour la visite...

– On mourra pas de faim à soir. La Jeune, est-ce que tu te rappelles de Pierre à Charles ?

– J'me rappelle, mais ça doit faire depuis la fin du secondaire qu'on s'est pas parlé.

– D'après-moi, ça doit faire encore plus longtemps, parce qu'on se parlait jamais au secondaire non plus. J'aurais aimé ça, par exemple !

On a ri. Quand le café est monté, je leur ai dit d'aller le prendre dehors et de me laisser en paix pour finir de préparer ma soupe. J'étais pas mal fier de mon coup. J'avais réussi à les faire se rencontrer pis en plus, ils se retrouvaient tous les deux à jaser au dehors.

Marie est descendue en laissant les enfants jouer en haut, pis elle a mis la table. Elle a bien vu par le châssis que notre visite était arrivée, mais elle est pas sortie pour saluer tout de suite. Elle a mis sa main sur mon épaule et elle a dit qu'elle était contente d'être là. Juste ça : « Je suis heureuse d'être ici ». Dans sa main pis dans ses yeux, il y avait tellement de chaleur, elle avait rien besoin d'ajouter. J'ai pas dit un mot, trop chamboulé pour ouvrir la bouche. Même après le départ de sa main, la douceur est restée sur mon épaule. J'étais content qu'on soit juste tous les deux pour être en mesure de la sentir jusqu'au bout. J'en avais presque les larmes aux yeux et je brassais ma soupe sans nécessité. De me faire toucher, avec cette douceur-là, la chose m'était pas arrivée depuis la mort de maman. D'un coup, ça m'a ramené à Julie. J'ai réalisé que c'était sa fille qu'était là pour vrai, dans ma maison, pis je trouvais la chose bien spéciale. Mon rêve de fou, il s'était réalisé. Les enfants de Marie, ils étaient là en vrai, eux itou. Pis c'était ma famille. C'est quelque chose de fort à sentir, ça!

Mon trouble s'était quand même pas mal calmé quand Pierre pis la Jeune sont entrés en tenant chacun une chaise. Dès qu'il a poussé la porte et qu'il a vu Marie, un souffle a passé. Pierre a pris la parole pour expliquer qu'il me faisait cadeau de ces deux chaises-là. Pour dire, je l'avais jamais entendu parler de même. Il s'embrouillait dans ses mots, à croire qu'il était saoul ou bien donc qu'il parlait pas bien le français. Marie semblait pas beaucoup meilleure de son bord. Elle était figée pis elle ouvrait en seulement pas la bouche pour dire bonjour. Pour dire, moi aussi j'étais un brin figé. Je me disais que je devais être témoin de ce que le monde appelle un coup de foudre, pis j'en revenais pas que ça existait pour vrai. C'est la Jeune qui a dégelé tout le monde en faisant les présentations. Je me suis dit que je m'étais trompé dans mes calculs pis que c'était un brin triste pour la Jeune. Mais elle semblait pas affectée en toute, au contraire, on voyait bien qu'elle avait du fun.

J'ai remercié Pierre pour ses chaises. C'était pas les premières chaises venues. Ces chaises-là semblaient pareilles aux miennes. Pierre à Charles avait médité son plan de longue date. Jusqu'à la couleur, et c'est pas évident d'avoir tout juste la même couleur d'une teinture posée depuis peut-être cinquante ans. Et il était allé dans le détail jusqu'à les user aux mêmes places. La seule différence devait être sa signature qu'y met sur tous ses meubles. J'étais certain que quelque part sur les chaises, à un endroit caché, il y aurait un signe qui me permettrait de les reconnaître des autres.

– Tabarouette, Pierre, j'suis content. T'é vraiment ratoureux. Depuis combien de temps tu mijotes ton coup ?

– Depuis c't'hiver, quand tu m'as dit que t'allais avoir de la visite. J'ai commencé à tourner les pattes la même semaine.

– J'me d'mande bien comment t'as fait ton coup pour qu'a soient pareilles comme les vieilles ?

– Le modèle est facile à copier, y faisaient ça simple dans l'temps, mais pour la couleur, avec l'usure, c'était plus toffe[25]. J'faisais des tests sur des petits bouts de bois pis j'les comparais avec tes chaises pendant que t'avais le dos tourné.

– En tout cas, merci, c'é un mautadit beau cadeau.

En disant ça, je lui ai serré la main pis je suis vite retourné voir à ma soupe. Pour une deuxième fois dans la même journée, je me sentais chamboulé. Pour un gars qui se rappelle pas la dernière fois où les larmes lui sont montées aux yeux, de le sentir deux fois d'affilée, c'est pas ordinaire en toute. J'étais content quand les enfants sont descendus et que tous les regards se sont tournés vers eux autres. Ma soupe était prête, mais la soupe de poisson, on peut laisser ça attendre tant qu'on veut. Même que plus on attend, meilleur est le goût. J'ai fermé le rond pis j'ai mis le couvercle pour qu'elle reste au chaud. La Jeune a dit qu'on devrait sortir dehors prendre l'apéro, pis tout le monde était d'accord. Moi, j'avais pas idée de ce que ça voulait dire, mais j'étais bien content d'aller respirer l'air du dehors, pour sûr.

---

25. Toffe : difficile.

Marie a préparé une liqueur pour les enfants, avec un sirop qu'elle avait apporté, et je lui ai demandé de m'en faire un pour moi itou. Toute la gang s'est assise sur le bord de la galerie et moi, j'ai pris ma chaise comme de coutume. M'asseoir quasiment par terre, avec ma grandeur, j'y suis pas trop à mon aise. C'était drôle de les avoir toute la gang à mes pieds. Pas pour longtemps... les enfants ont tenu juste une couple de minutes assis, le temps de boire leur liqueur. Après, ils sont venus me faire la jasette. Ils m'ont raconté leur journée à la plage, leur dîner sur La Grave pis leur visite à l'aquarium. La Jeune s'était rapprochée de nous autres en laissant Marie et Pierre à Charles tout seuls. Elle me regardait d'un air ratoureux. Elle a proposé de sortir la soupe pis qu'on la mange dehors. C'est vrai qu'on était bien et qu'on n'avait pas envie de rentrer. Les moustiques allaient sortir nous voir dans pas long mais tant qu'ils y étaient pas, autant en profiter. « J'peux la servir en d'dans, pis passer les assiettes par le châssis comme la fois des p'tits biscuits », qu'elle a dit. L'idée était bonne et l'affaire s'est faite rondement. J'ai sorti des chaises pour qu'ils puissent s'installer à la petite table avec moi. Et le petit Léo a apporté les soupes à Marie et à Pierre à Charles. C'était drôle de les voir s'étonner qu'on mange la soupe au dehors. Ils avaient rien suivi de nos arrangements. Tout le monde m'a félicité pour ma soupe, c'est vrai qu'elle était bonne. Encore meilleure qu'à l'habitude, peut-être à cause des palourdes ajoutées à la fin ? En tout cas, ce qui est sûr, ma recette de soupe vient de changer et les palourdes sont là pour rester. La Jeune s'est installée à l'autre bout de la galerie et on a mangé sans parler.

Les enfants ont été les premiers piqués. À cause de leur bain, ils sentaient bon en tabarouette et les maringouins sont des fins connaisseurs. On a transféré en dedans et on s'est installés autour de la table pour le dessert. Pierre à Charles nous a servi la tarte de sa mère pis Marie rajoutait de la crème à la glace à ceux qui en voulaient. On s'est tous retrouvés à rire après pas long, avec nos lèvres pis nos dents bleues. C'est la Jeune qui s'est occupée de faire du café, moi, j'en ai pas pris, c'était rendu trop tard. Je suis sorti fumer sur la galerie et pas longtemps après, la Jeune est venu me rejoindre avec son café. En riant, elle m'a dit qu'elle s'était fait mettre dehors. Marie et Pierre à Charles faisaient la vaisselle et les enfants jouaient avec des petites autos par terre.

– T'es pas mal ratoureux, André... mais tes plans ont pas fonctionné comme tu pensais.

– Toi itou t'es ratoureuse. Pis tu sembles pas trop triste que mon plan ait pas marché. As-tu un amoureux en ville ?

– Non, j'ai pas d'amoureux. Pierre, je pourrais être amie avec lui, mais je pourrais pas en tomber amoureuse. Je sais pas trop pourquoi, mais c'est comme ça. Peut-être qu'il me ressemble trop, il y a pas assez de mystère et pour l'amour, il faut un peu d'inconnu.

– Tu dois avoir raison... moi, j'y connais rien à ces affaires-là.

– T'as jamais été amoureux de personne ?

– Pour dire, non. C'é bizarre, hein ? R'marque, c'é pas ma seule chose de bizarre... Non, j'ai jamais senti ça.

Elle a rien répondu, et pendant une longue escousse, on est partis tous les deux dans nos jongleries. Après un bout, elle m'a souhaité une bonne nuit et elle est partie. Pas longtemps après, c'est Pierre à Charles qu'est sorti. Il est venu me saluer en me disant qu'il essaierait d'emprunter les vestes de sauvetage à son frère et de me les apporter demain. Ensuite, les enfants m'ont parlé à travers la moustiquaire du châssis, ils allaient se brosser les dents et se coucher. Pis là, la petite Mireille m'a demandé si j'irais la border dans son lit. Encore une affaire bien plaisante qui m'arrivait avant la fin du jour... Et je lui ai répondu que j'y manquerais pas.

Ils étaient beaux à voir, tous les deux dans leur lit, un à côté de l'autre. Chacun avec son animal en peluche pis juste des têtes qui dépassaient, autant des enfants que des toutous. Une petite brise faisait flotter les rideaux comme des voiles gonflées par le vent. Je me suis arrêté à la porte et j'ai juste bougé quand la petite Mireille m'a parlé.

– Tonton André, est-ce que tu vas nous raconter une histoire ?

Je me suis approché, et je lui ai dit que ce serait pour un autre soir, que là il était tard et que moi aussi je m'en allais me coucher. Et je leur ai fait chacun deux becs. Pour sûr il était tard, mais pour dire vrai, j'avais pas idée de ce que j'aurais bien pu conter. Pour raconter une histoire, il faut y jongler à l'avance, me semble. Je peux pas pondre ça de même. Par exemple, j'avais envie d'avoir une histoire à leur conter. C'est comme toute, j'allais devoir laisser mijoter à petit feu. Une fois en bas, par le châssis ouvert, Marie m'a dit qu'elle s'en allait marcher sur le bord de l'eau et moi, je lui ai souhaité bonne nuit.

La matinée s'est passée pareillement à la veille. La maison dormait à mon lever pis elle était vide à mon retour. J'en ai profité pour jongler à mon histoire. Mais plus j'y jonglais et moins j'avais d'idées. J'ai même marché une couple d'heures en bas du cap sans que rien me vienne. J'ai abouti chez Edmond et j'ai trouvé Louis à Edmond derrière chez eux. Je lui ai conté mon affaire et c'est lui qui m'a sauvé la mise. Il m'a dit de raconter l'histoire du gars de l'Île d'Entrée et de son cheval. Pas besoin de me tracasser à inventer une histoire, celle-là était toute prête. Pis elle s'était passée juste à côté, à part de ça. En plus, un conte avec un cheval, c'était sûrement pas pour déplaire aux enfants...

| Le cheval de l'Île d'Entrée

L'histoire avait commencé dans une maison du Havre, pas bien loin de La Grave. Une place où les hommes avaient coutume de se rendre pour jouer aux cartes. Faut savoir que l'île au large de celle du Havre, c'est l'Île d'Entrée. Une île juste habitée par des anglais, ça a toujours été de même et pis ça l'est encore. Toujours est-y que durant l'hiver, quand les glaces étaient prises pour de bon sur le chenal, des hommes de l'Île d'Entrée avaient pris accoutumance de venir jouer aux cartes dans c'te maison-là du Havre. Pis pour traverser le chenal, y prenaient leurs chevaux. Soit en montant sur le dos du cheval ou bien donc en carriole. Une fois les glaces prises, traverser le chenal est pas une grosse affaire, y doit y avoir seulement un mille et demi à deux milles entre les deux îles. C'est le courant qu'est fort en pas pour rire dans le chenal pis qu'est dur à passer, mais pour sûr, sur les glaces, le courant compte pas.

Un bon soir, un homme de l'Île d'Entrée qui avait bu plus qu'il aurait dû avait perdu aux cartes tous ses avoirs, comme la chose arrivait souvent. Mais lui, y voulait toujours pas s'arrêter de jouer. Pis une chose entraînant l'autre, il avait fini par parier son cheval, pis il l'avait perdu. C'te monde-là, ils entendaient pas à rire avec les cartes... Si t'avais été assez fou pour parier ton cheval, la chose était pas discutable. Et il avait dû retourner sur son île dans la carriole d'un autre, et laisser son cheval de ce bord ici. Mais l'histoire s'arrêtait pas là...

L'homme qui avait gagné le cheval, lui, y vivait complètement à l'autre bout des Îles. À Grosse-Île, l'autre île qu'est habitée par des anglais itou. Et pour sûr, il avait amené le cheval chez eux. C'était une grande tristesse de voir faire ce cheval-là. La tête toujours tournée vers l'Île d'Entrée, les naseaux grands ouverts à respirer le vent. Un vent qui semblait porter des odeurs pas comparables à celles du reste des Îles. Deux fois, durant le premier hiver, le cheval avait trouvé le moyen de s'échapper et de traverser les glaces. Et par deux fois, l'homme de l'Île d'Entrée avait rapporté le cheval.

Faut savoir, l'Île d'Entrée, c'est quand même pas mal différent du restant des Îles. D'abord, c'est l'île la plus haute, pis c'est juste des falaises qu'en font le tour. À un seul endroit les falaises sont brisées, et le village est installé là, avec son quai pis ses bateaux de pêche. Pas de dunes de sable autour. Juste de rares petites plages serrées entre de grosses roches où les enfants peuvent se baigner. Pis ce qu'y a de bien spécial pour les animaux, y'a aucune clôture pour les garder. Y peuvent pas se sauver pour sûr !

Pis je pense bien que sur toute l'île, y'a pas un seul arbre. De n'importe quelle place de l'île, ton regard voit la mer. Pis c'est vert. Juste de l'herbe qui pousse partout. Pour protéger les champs à faucher pis les jardins, là, y'a des clôtures. Pour sûr, ça fait pas mal moins de clôtures à poser. Mais c'est drôle pareil, me semble que les animaux semblent plus libres d'aller où y veulent que le monde de cette île-là...

Pour revenir à mon histoire, toujours est-y que le cheval s'ennuyait en pas pour rire. Et le monde de Grosse-Île trouvait la chose bien scandaleuse de faire pâtir un cheval de même. Et ils disaient que c'était pas chrétien de jouer ses biens aux cartes. Pis que le bon Dieu punissait l'homme qui avait gagné en lui donnant un cheval dur à faire travailler tellement y s'ennuyait. L'homme de l'Île d'Entrée, pour sûr, il était déjà puni, vu que là, il avait plus de cheval. Pis le temps a passé, comme il a coutume de faire. Et le monde de Grosse-Île ont oublié le cheval. Pis le nouveau propriétaire, qu'était pas un mauvais bougre à part ça, il se disait que le cheval allait finir par s'habituer. Pour sûr, le cheval avait encore la tête tournée vers son île. Les naseaux ouverts à sentir son vent. Pour sûr itou, il était toujours collé à la clôture du côté qui donne au Sud. Pour sûr, il manquait d'entrain à l'ouvrage pis y travaillait l'échine penchée. Mais comme on s'habitue à tout, l'homme pensait que le cheval allait finir par s'habituer. Pis le temps passait.

Mais le cheval, lui, il oubliait toujours pas. Pis un jour est arrivé, après plusieurs journées sans vent, que la mer est devenue toute calme autour des Îles. Un jour d'exception qu'arrive bien rarement. Pis là, dans l'air qui bougeait quasiment pas, une petite brise du Sud s'est levée. Le cheval en est devenu comme fou. Il s'est mis à taper du sabot pis à courir au grand galop. À force, il a fini par passer la clôture de son enclos et il a galopé direct vers le Havre. Il a galopé tout le long de la dune de la Pointe-aux-Loups. Galopé en coupant par le chemin des buttes et passé le pont du Havre-aux-Maisons. Galopé le Cap-aux-Meules et le Gros-Cap en longeant le bord des caps. Galopé tout le long du Havre-aux-Basques. Et galopé le Havre jusqu'au Bout-du-banc... Et arrivé là, y s'est garroché à l'eau. La chose est difficile à croire, et j'aurais refusé d'y prêter foi si les témoins avaient pas été nombreux. Un cheval qui galope les Îles au grand complet, c'était pas passé inaperçu. Plusieurs étaient montés sur Les Demoiselles pour le suivre dans l'eau. D'autres l'avaient vu passer de leur embarcation. Et pour sûr, il avait réussi son coup. Il avait fini par se rendre sur son île...

Mais ce qu'y faut savoir, c'est que la chose était un vrai miracle. Parce qu'entre le Havre et l'Île d'Entrée, y'a un sacré boute à nager. Pis encore pire que la longueur à nager, y'avait le courant. Le courant du chenal, c'est pas une petite affaire. Pis c'est surtout rapport au courant que la chose tient du miracle... Parce que si le cheval s'était jeté à l'eau à une autre heure du jour, y serait jamais arrivé sur son île. Il aurait pu nager tant que y'aurait voulu, le courant l'aurait éloigné et y serait mort au large. Mais y s'est garroché à l'eau à la marée montante, ce qui fait que le courant était dans le bon sens. Et au lieu de lui nuire, le courant l'a quasiment porté sur l'Île d'Entrée. Est-ce que l'instinct du cheval l'avait prévenu ou bien donc la chose a été un hasard ? Difficile de le savoir. J'ai pour mon dire qu'y faudrait être dans la tête du cheval pour en être certain...

Toujours est-y que l'homme de Grosse-Île a jamais repris le cheval. Jusqu'à sa belle mort, le cheval est resté sur son île et nombreuses étaient les personnes à aller voir ce cheval-là quand ils venaient en visite sur l'Île d'Entrée. Un cheval qui avait galopé soixante-dix kilomètres, pis après, qui avait nagé quasiment deux milles pour revenir sur son île... c'était un cheval fameux à regarder.

Le soir, une fois les enfants couchés, j'ai pu commencer à leur conter l'histoire. Pour sûr, j'ai pas été en mesure de me rendre loin. Ils posaient des questions rapport à l'Île d'Entrée et rapport au jeu de cartes itou. Pis comme je suis pas des plus vite à faire mes réponses, pis eux, pas beaucoup mieux à faire leurs questions, on a pas avancé gros. C'était bien correct de même, le lendemain j'ai continué à conter. Pis on avançait de même, petit bout par petit bout. En prenant notre temps. Des fois, y fallait même revenir en arrière, mais pareil, à chaque soir, on avançait un brin...

Un mardi, plus d'une semaine après l'arrivée de ma visite, la routine a changé. Dans ma tournée, en passant par chez Marie-Louise, elle m'a averti de me garder du maquereau. La Jeune l'avait chargée de me dire qu'elle aimerait à faire des sushis pis que si j'étais d'accord de lever les filets, elle se chargerait de toute la mangeaille. Pour sûr que j'étais d'accord pis content à part ça. Depuis le temps que j'en entends parler, des sushis, rapport aux Japonais qui achètent quasiment tout le crabe des Îles, j'allais finalement pouvoir y goûter.

Dans le courant de l'après-midi, il y a eu du remue-ménage dans la maison. J'étais pas sitôt installé à prendre mon café au dehors que Pierre à Charles est finalement arrivé avec les vestes de sauvetage. Pis y s'assoyait juste que c'était le tour de la Jeune d'entrer, chargée comme un mulet. Et on a dû se lever pour l'aider à porter ses sacs dans la maison. Elle nous a conté qu'elle avait laissé Marie et les enfants à La Grave et qu'ils reviendraient à pied plus tard. Apparence qu'elle avait deux à trois heures de cuisine devant elle. J'étais content de voir qu'elle avait apporté du crabe et des pétoncles, pis qu'on mangerait pas juste du maquereau. Du maquereau, c'est pas trop une nouveauté pour moi. Pareil, la Jeune prétend que le maquereau en sushis, c'est son meilleur. Faut dire qu'elle en mange pas tous les jours... Le maquereau, c'est un poisson qui est bon frais, ce qui explique que les gens des Îles vivant en dehors, ils sont pas forts forts pour l'acheter dans les poissonneries. C'est la raison pourquoi, l'été, mon maquereau est facile à vendre à ceux des Îles qui viennent en visite, et qu'y s'en sont passé tout l'hiver.

Une fois qu'elle a eu mis son riz à cuire, la Jeune nous a rejoints pour boire un café. On a jasé un brin, pis on a convenu que Pierre à Charles lui donnerait un coup de main dans sa cuisine. Moi, j'irais marcher, j'avais pas envie de prendre racine en arrière de la maison... On s'est levés tous les trois en même temps, eux pour la cuisine, pis moi pour me faire aller les jambes. J'ai marché dans la direction du goulet pis après, j'ai continué sur la dune jusqu'à l'arrivée du sentier qui aboutit au chemin Martinet. En virant de bord à cet endroit-là, j'ai été parti quasiment trois heures, assez pour donner le temps à la Jeune pour sa cuisine pis assez itou pour que Marie et les enfants soient de retour de La Grave. Pareil, arrivé à la maison, Marie et les enfants étaient toujours pas là. Faut dire, c'est une moyenne trotte de revenir de La Grave à pied pour des petites pattes de même. On est partis en truck à leur rencontre, moi pis Pierre à Charles, et rendus à la croisé du chemin d'en haut avec le chemin d'en bas, j'ai descendu. J'ai pris par le haut tandis que Pierre continuait tout droit. J'ai été le plus chanceux des deux, je les ai vus sitôt la butte montée. La petite Mireille était plus capable d'avancer. Marie l'avait portée un grand bout mais là, elle en avait plus la capacité, et la caravane était à l'arrêt! Le petit Léo faisait son courageux, il se disait encore capable. Je l'ai quand même fait grimper sur mes épaules et j'ai pris la petite Mireille dans mes bras. Et on a avancé de même jusqu'à ce que Pierre à Charles ait fait le tour pis qu'y nous ait rattrapés.

J'étais pas pressé de le voir ressoudre[26]. Léo aimait à être sur mes épaules, y voyait au loin. Pis la petite Mireille était tellement contente de se faire porter que fatiguée comme elle était, sa tête tombait sur mon épaule. Pis c'était léger, ces deux enfants-là, j'aurais pu marcher des heures sans fatigue. Pas mal plus facile à porter que mes chaudières pleines de maquereaux. On n'était quand même pas pour laisser Pierre à Charles retourner tout fin seul. Marie et Léo sont montés avec lui pis j'ai gardé Mireille collée à moi. Ils pouvaient pas être plus dans le truck anyway. Et ils nous avaient à peine quittés que Mireille s'est endormie. Plus d'un curieux étaient postés à leur fenêtre à nous regarder passer. Faut dire que le spectacle devait être spécial à voir. Moi dans toute ma laideur pis ma grandeur itou et, endormi sur mon bras, un petit bout de fille tout en rose. Un tableau rare pour le canton.

---

26. Ressoudre : arriver.

J'ai jamais pris autant mon temps pour faire le chemin entre La Baie pis chez nous. Pour sûr, je voulais pas réveiller la petite en faisant de grandes enjambées. Pour sûr itou, j'avais aucune presse à écourter cette marche-là. J'ai même poussé un petit croche par chez Edmond. Je l'ai montrée à la mère qu'était en train de lire sur la galerie. Pis j'ai passé derrière la maison pour la faire voir à Louis à Edmond. Louis à Edmond, peut-être de s'être occupé des ses sept frères et sœurs plus petits, il aime à voir les enfants. Je savais que j'y ferais plaisir. Et comme de fait, il était content en diable.

– Ah ben, ah ben... Elle, c'é la plus p'tite de Marie, c'é ça?

– Oué, c'é la p'tite Mireille.

– On dirait un p'tit ange. Pis toute habillée en rose à part ça.

– Tu devrais venir souper avec nous autres. La Jeune a fait des sushis. J'pourrais te présenter Marie pis le p'tit Léo itou.

– Arrête donc. Tu sais que j'irai pas souper chez vous avec autant de monde.

– Faudrait bien que tu rencontres Marie pareil. C'é quand même la fille de Julie pis y'a personne par ici qu'a connu Julie plus que toi.

– C'é sûr, c'é sûr... on en r'parlera. Vas-y, la p'tite va se réveiller si tu tardes trop.

Pis c'était vrai, la petite commençait à grouiller vu que j'avançais plus. Dès que j'ai mis le pied dans la maison, elle s'est réveillée. Bien d'adon que sa mère était là, parce que je crois bien qu'elle serait partie à pleurer. Elle avait pas l'air de me reconnaître, pis ma face de proche semblait lui faire peur. Je l'ai mise dans les bras de sa mère pis elle s'est réveillée tranquillement. Et le sourire lui est revenu pas longtemps après. La cuisine de la Jeune était finie et la table mise, mais on a attendu que Marie donne le bain aux enfants et qu'elle les couche avant de manger. Ç'a a pas été trop long, ils étaient tellement fatigués, ils voulaient juste dormir. La suite de mon histoire allait devoir attendre.

J'ai trouvé les sushis bons en pas pour rire. La Jeune mangeait avec des baguettes mais les autres, on s'en est pas embarrassés. Pareil, même sans baguettes, c'est pas des plus simple à manger. Il faut se faire expliquer comment. Prendre un sushi entre les doigts, mettre un peu d'une pâte verte dessus, pas trop parce que c'est fort en tabarouette, pis après, le tremper dans une sauce soya délayée avec un peu d'alcool, pis pas trop non plus, pour pas le détremper. On a bu de l'alcool que la Jeune avait fait chauffer, du saké, ça s'appelle, pis c'est bon itou. Comme la Jeune l'avait dit, ceux avec du maquereau étaient durs à battre mais mes meilleurs, c'était pareil ceux avec juste un pétoncle sur une petite boule de riz. Ceux-là, je crois bien que j'aurais passé au travers tout fin seul si je m'étais pas retenu. Vers la fin, j'ai dû slaquer [27] sur le saké, la tête commençait à me tourner. Un bien bon repas en tout cas. Silencieux à part ça. Toute la gang concentrée à manger et personne disant mot.

Pareil, il en restait. La Jeune a tout mis au frigidaire pis elle a dit qu'elle les apporterait à Louis qui adorait ça. C'est moi qui ai fait le café, même si j'en prendrais pas, et on est allés s'asseoir au dehors. Moi pis la Jeune assis à la table, et Marie avec Pierre à Charles assis sur le bout de

---

27. Slaquer : diminuer, ralentir.

la galerie, comme c'était rendu leur habitude. Une belle soirée pour être dehors. La Jeune m'a demandé si elle pouvait éteindre les lumières pour regarder les étoiles, pis elle s'est mise à m'en parler. De temps en temps, un de nous autres voyait passer une étoile filante, c'était une période où il y en avait gros dans le ciel. La Jeune m'a expliqué qu'une étoile filante, c'était un morceau d'étoile en réalité. Une grosse roche qui s'est détachée quand l'étoile a explosé. Pis ce morceau-là, quand il arrivait proche de la Terre, il prenait en feu, pis c'était la lumière qu'on voyait. Des fois, rarement, si le morceau était trop gros, il brûlait pas au complet avant de frapper la Terre pis là, le morceau pouvait creuser un gros trou dû surtout à la chaleur de la roche en feu. Des météorites, ça s'appelle. Je trouvais plaisant d'apprendre ces affaires-là tout en écoutant la Jeune, assis bien confortable sur la galerie.

Marie et Pierre à Charles sont partis marcher sur le bord de l'eau. Et je suis resté seul avec la Jeune. On a regardé les étoiles sans parler encore un bout avant que je me décide à aller me coucher. La Jeune s'est levée pour partir et elle m'a dit qu'une bonne fois, elle aimerait à venir en pêche avec moi. Je lui ai répondu que ça me ferait un grand plaisir, qu'elle devait juste être là de bonne heure le matin, dans les six heures. Pis c'est resté comme tel, mais la chose m'a porté à penser que je devrais amener le petit Léo en pêche. Et je me suis dit qu'y fallait que j'en parle à Marie avant pas long.

Le lendemain au matin, les choses ont été contraires à nos habitudes. À la minute où j'ai bougé de mon lit, j'ai entendu des petits pieds se faire aller dans l'escalier. À croire qu'ils attendaient juste d'entendre du bruit pour avoir la permission de descendre. Comme de fait, vu qu'ils s'étaient couchés de bonne heure et quasiment le ventre vide, ces deux bouts-là étaient affamés. J'ai commencé par leur donner chacun un verre de lait, pis après, je leur ai tranché du pain pis j'ai sorti les confitures. Comme ça, ils pouvaient s'arranger tout seul pour un bout et moi, je pouvais me faire un café. Parce que tant que j'ai pas pris une couple de gorgées, je trouve bien dur d'ouvrir la bouche pour parler. Une fois que ç'a été fait, j'ai pu leur demander s'ils aimaient les œufs. J'ai mis du baloney pis des saucisses à rôtir dans une poêle et dans l'autre, je nous ai mis des œufs à cuire.

Quand Marie est descendue, on était les trois attablés, notre déjeuner quasiment fini pis j'avais eu le temps de demander à Léo s'il aimerait à venir en pêche avec moi le lendemain. Pour sûr, il en avait envie, même que la petite Mireille aurait voulu venir itou. Les enfants avaient essayé les vestes de sauvetage. Il restait juste à demander à Marie si elle était d'accord. J'ai pas eu besoin d'ouvrir la bouche, Léo a tout expliqué à sa mère. Pis bien énervé à part ça, à preuve que venir en pêche lui disait. J'ai seulement parlé pour dire à la petite Mireille, qu'était proche de pleurer, qu'elle aussi viendrait dans mon doré faire une belle promenade autour de la baie. Et sans maquereaux à bord, juste pour le plaisir de regarder. Elle en était toute requinquée, sans plus de jalousie à l'encontre de son frère. À croire que les maquereaux dans le doré lui disaient rien de bon. Elle avait entendu pour sûr quand j'avais expliqué à Léo qu'il serait tout sale par après, pis qu'il devrait s'équiper en conséquence. En partant de la maison, l'affaire était réglée. Marie, pour sûr, elle aurait bien du trouble dans le courant de la journée à répondre à toutes leurs questions.

Du beau temps pour la pêche, même si j'étais sur l'eau pas mal plus tard que de coutume à cause de mon déjeuner en famille. Le genre de journée en plein dans mes goûts. Pas trop chaude, pas trop frète, avec une petite brise du ouest pas bien méchante. Les nuages de toutes sortes de formes, plaisants à regarder pis à s'amuser à y voir des animaux, et à les suivre itou. J'ai pris plus mon temps que de coutume pour revenir à terre. Vu que le soleil me tapait pas trop sur la tête, j'avais tout loisir de regarder en l'air.

En mettant pied à terre, je me suis fait accueillir par les enfants qui s'amusaient sur le bord de l'eau. Selon leur dire, Marie trouvait qu'ils étaient dus pour une pause de plage, pis elle cuisinait dans la maison. J'ai dit à Léo de courir à la maison prévenir sa mère que je les amenais avec moi, et on est partis tous les trois en tournée. L'affaire la plus drôle à voir qui s'était passée dans le canton depuis une escousse. Au début, c'était Léo qui prenait les maquereaux de la grande chaudière pour les mettre dans la petite que le monde me donne à remplir. J'avais pas le besoin de me rendre aux maisons. Le monde sortaient à notre rencontre pour être sûrs de pas être oubliés et pour pouvoir contempler les enfants à loisir itou. La petite Mireille, elle faisait la dégoûtée. Mais après pas long, elle s'ennuyait à rien faire pis elle s'est mise à imiter son frère. Et je suis revenu avec deux enfants beurrés bord en bord et qui sentaient le maquereau autant que si je les avais trempés dans le fond de la chaudière. Pour sûr, je les ai pas laissés entrer dans la maison arrangés de même. Ils se sont déshabillés sur le bord de l'eau pis ils se sont baignés. Pis même, je savais que ce serait pas assez... je suis rentré chercher un savon. Ils se sont frottés à côté de la corde à linge et arrosés l'un l'autre avec la hose pour se rincer. Seulement après, bien abrillés dans chacun une serviette, ils sont entrés dans la maison raconter à leur mère leur aventure. Les deux parlant en même temps, pis riant à pas pouvoir s'arrêter.

Pendant ce temps-là, j'ai sorti un gros bac du cabanon et j'ai mis le linge des enfants à tremper. J'ai étendu mon coat au bout de la corde, à éventer, pis je suis monté prendre un bain. J'étais pas des plus à mon aise avec du monde dans la maison. J'arrivais pas à être si bien que de coutume. Je riais pareil à entendre les enfants répéter leur histoire à leur mère plusieurs fois d'affilée, en s'excitant au fur et à mesure qu'y racontaient. Des fois, les enfants, ça ressemblent aux vieux. En tout cas, là, ils me faisaient penser aux petits vieux qui se répètent à cœur de jour. Après un bout, Marie a fini par se fatiguer, je crois bien, et elle est sortie avec eux. Le calme s'est fait dans la maison. Et elle les a sûrement amenés jouer assez loin sur le bord de l'eau. Le châssis ouvert, s'ils étaient restés au proche, j'aurais pas manqué de les entendre. Je suis resté un long bout dans l'eau, à profiter du calme, et à regarder les petits oiseaux de bois bouger avec la brise. À observer les nuages par le châssis itou. Quand je suis descendu, la corde était pleine de linge. Marie avait lavé le linge à odeur de maquereau pis d'autres affaires appartenant aux enfants.

— Marie... t'aurais pu faire un lavage dans une machine à laver... chez la Jeune ou bien donc chez Pierre à Charles. T'avais pas besoin de faire tout ça à la main.

— Tu le fais bien à la main, toi. Je trouve vraiment agréable de laver les vêtements dehors, en regardant la mer. D'autant que laver des vêtements d'enfants, ce n'est pas très difficile.

– Eh que c'é beau en t'é cas. Moi, une corde à linge remplie de linge de toutes sortes de couleurs de même, j'trouve que y'a pas grand-chose qui accote ça.

On s'est mis tous les deux à admirer la corde à linge jusqu'à temps qu'une bonne odeur en provenance de la maison nous sorte des nuages, moi en tout cas : « T'as rien oublié sur le feu, toujours ? Ça sent bon en tabarouette, y faudrait pas que ça brûle. »

– C'est sans danger, j'ai fait une crème. Elle mijote à feu doux.

– Une crème ! Qu'est-ce que tu veux dire avec ça ?

Là, elle m'a regardé un brin, comme pour comprendre le fond de ma question. Pour moi, de la crème, c'est fait avec du lait de vache pis un séparateur... j'ai jamais entendu dire que ça se cuisine pis qu'après, on la laisse mijoter sur le feu.

– Une crème, c'est une soupe qu'on passe au robot et à laquelle on ajoute du lait ou de la crème à la toute fin. C'est la texture, ou l'apparence si tu préfères, qui ressemble à une crème.

– Un robot ? Une autre affaire... j'ai sûrement pas ça dans ma cuisine.

– La Jeune me l'a apporté de chez sa sœur hier. C'est d'ailleurs avec les légumes du jardin de sa sœur que j'ai cuisiné. Il y a des petits pois, des carottes, des pommes de terre nouvelles, des oignons, de l'ail égyptien, et beaucoup de persil. Le mélange donne une couleur un peu étrange. Un vert pas très attrayant, mais j'y ai goûté, elle est bonne.

– Oh, j'en doute pas.

– Pourtant, tu pourrais... je ne suis pas une très bonne cuisinière. Et en plus, je n'aime pas suivre des recettes, je préfère expérimenter. Les résultats ne sont pas toujours appréciés. J'ai apparemment hérité davantage de ma mère de ce côté. Antoine, lui, par contre, il cuisine très bien.

– Comment y va, ton père ? J't'en ai en seulement pas demandé de nouvelles depuis que t'es là !

– Il va bien. Il aurait beaucoup aimé venir avec nous ici, mais il est très occupé à régler les affaires de mon oncle Léon et puis, en plus, c'est la période de l'année où le gîte est le plus achalandé.

– J'aimerais ça que tu me parles de la place où tu vis. La Corse, ça ressemble-tu à ici ? Après toute, c'é une île itou.

– Non, ça ne ressemble pas vraiment aux Îles. Si tu veux, on pourrait se mettre à table et avec les enfants, on pourrait te parler de la Corse ?

J'étais bien d'accord avec ça, d'autant que j'avais pas encore pris mon café, comme j'ai coutume de faire, en revenant de ma tournée. J'aime pas trop à sortir de mes habitudes. En premier, je me suis fait un café que j'ai bu assis avec eux, pendant qu'ils mangeaient leur soupe. Moi, la soupe, ou la crème, apparence, ce serait pour plus tard.

Au début, les enfants étaient encore tout riants du souvenir de notre tournée du matin. Mais après pas long, le petit Léo, son sourire s'est sauvé et il est devenu sérieux comme un pape. Entendre parler de la Corse semblait le rendre triste pour vrai. Et je suis bien certain que c'était pas dû seulement à l'ennui de la Corse... Peut-être le rappel de la mort de son grand-oncle Léon ou la séparation de ses parents, je sais pas. La petite Mireille était tout excitée d'en parler, et on l'a laissée aller à loisir. Pour sûr, il fallait que sa mère l'aligne un brin de temps en temps.

– Chez moi, il fait chaud... Ici, il fait froid comme chez moi l'hiver... et l'eau, l'eau est froide ici... Papi Léon, il m'amène au marché avec lui, et après...

Le petit Léo a fait une drôle de face et Marie a demandé à Mireille de nous parler plutôt des choses qui sont différentes en Corse par rapport à ici, les fleurs, les arbres... C'est là où j'ai dit quelque chose que j'aurais pas dû.

– Mais moi, Mireille, j'aimerais ça que tu m'parles de comment ça s'passe par là. J'serais bien en peine de t'amener au marché par ici. Pis j'aimerais ça itou entendre parler de ton papi Léon...

J'ai pas eu le loisir de terminer ma phrase. Le petit Léo avait changé de couleur. Pis il a crié: « Non! Papi Léon, il est mort et j'veux pas que vous en parliez! Et t'es pas mon oncle... » Il s'est levé d'un coup. Tellement vite que sa chaise en est tombée. Et il s'est jeté dehors à toute allure et s'est éloigné en courant sur le bord de l'eau. On en est restés tous les trois le corps figé de surprise. Je dis les trois, mais la petite Mireille, elle s'est mise à pleurer après pas long. Et Marie l'a prise sur ses genoux pour la consoler. Moi, je me trouvais pas mal imbécile de pas avoir compris la peine de Léo. J'avais même mis de l'huile sur le feu. J'étais pas fier de moi. J'étais perdu dans ces pensées-là quand Marie a mis sa main sur mon bras. Elle avait envoyé Mireille chercher ses jouets en haut. Elle m'a dit de pas trop me tracasser. Que c'était une bonne chose ce qui venait de se passer. Que Léo devait laisser sortir sa douleur, pis que c'était normal que ça sorte en colère.

– Quand j'me suis séparée de leur père, Léo n'a pas réagi. Rien non plus à la mort de l'oncle Léon.... À part une grande tristesse qui s'est déposée en lui. Je pense que c'est mieux qu'il se passe quelque chose. C'est dommage que ce soit dirigé contre toi, mais d'un autre côté, c'était peut-être inévitable. Il t'aime beaucoup déjà... Sans doute qu'il a peur de trop s'attacher à toi et de te perdre aussi. Tu comprends ?

– Tu crois que Léo est assez vieux pour raisonner tout ça ?

– Non, mais les enfants ont beaucoup d'instinct. Et ils sont très aimants. Léo, il t'aime, mais je crois que son instinct lui dit de ne pas s'attacher. Il a peur de te perdre, sans savoir que c'est de la peur. Je pense qu'il est troublé par tous ces sentiments-là. Tu sais, son père est retourné travailler sur les cargos. Il ne va revoir les enfants qu'une fois l'an peut-être ! Léo, il se sent abandonné... Mais je suis certaine qu'il regrette déjà ce qu'il a dit et qu'il ne voulait pas te faire de peine.

On n'a plus rien dit sur le sujet. La petite Mireille était redescendue et elle jouait bien tranquillement par terre avec ses jouets. Des fois, on regardait de son bord, pis d'autres, on regardait Léo, assis assez loin sur la dune. Le temps semblait s'être arrêté de couler. Quand Marie a repris à parler, j'aurais pas su dire depuis quand on était assis dans la cuisine, perdus tous les deux parmi nos songes.

– Tu sais, André, j'ai vécu sensiblement les mêmes choses que Léo à son âge... La mort de maman, puis la mort du vieil Arnold... Alors, je sais comment Léo peut souffrir. Je préfère de beaucoup sa colère à son silence...

Je savais pas quoi lui dire. Je trouvais ça bien triste mais je trouvais pas les mots. Pis d'un coup, j'ai pensé aux cartes postales et je me suis levé pour aller les prendre dans leur tiroir. Et je les ai placées au devant de Marie sur la table.

– Les cartes envoyées par maman ?

En disant ça, Marie, les larmes lui sont montées aux yeux. C'était des larmes de quand t'es tellement content pis chamboulé que les paroles en restent bloquées dans ta gorge. Encore là, j'ai rien dit. Je la regardais faire... Elle a pris la première carte tellement doucement qu'on aurait dit qu'a tenait un oiseau au bout de ses doigts. Pis quand elle s'est mise à lire, on voyait bien qu'elle était plus en toute dans la cuisine. Elle était retournée dans son pays en France. Pis elle avait retrouvé un peu de sa mère itou.

J'ai laissé le temps filer une bonne escousse, pis j'ai fini par me soulever de ma chaise et par dire que je sortais prendre une marche. Marie a levé les yeux des cartes comme si elle se réveillait, pis elle m'a dit de pas les attendre pour le souper. Elle irait avec les enfants sur La Grave pour changer les idées de Léo. Je trouvais que c'était une bonne idée. Donner du temps aux choses pour se replacer. Des fois, faut savoir attendre. Et comme je l'ai déjà dit, je crois pas que ce soit bon de vouloir aller vite en rien.

Je m'en allais nulle part en particulier, je voulais juste éviter de passer au proche du bord de l'eau où Léo était assis. Mes pas ont abouti chez Pierre à Charles. Il était content en diable de me voir arriver. Encore une grosse pièce de bois à bouger et sans voir le moyen d'y arriver tout seul. Je trouve toujours bien d'adon de pouvoir l'aider, lui qui me rend tellement de services. En plus, c'était plaisant d'avoir les mains pis la tête occupées. Nos manœuvres ont duré. Pierre travaillait à la finition, pis ça lui prenait du temps entre chaque fois où il fallait que je l'aide à tasser sa pièce de bois. Mais il y avait pas de trouble avec moi, j'aime à le regarder travailler. L'ouvrage peut durer autant comme autant. C'est lent pis doux, surtout quand c'est rendu vers la fin de même. Il faut être bien attentionné pour voir le travail qui avance. Si tu regardes pas bien, tu vois rien en toute, pis tu penses qu'y fait juste de flatter son bois. On a rien dit durant l'ouvrage, c'est seulement après, dehors, en fumant une cigarette, que je lui ai conté pour le petit Léo.

Comme Marie, il était d'avis que c'était une bonne chose, la colère de Léo. Pis moi, c'est pas que j'étais pas d'accord avec eux, mais je voyais le temps filer... Ça m'inquiétait un brin que l'ambiance soit pas des plus plaisantes durant le peu de jours qu'il leur restait encore. Je me disais itou que ce serait pas des plus fameux pour notre sortie en pêche de demain matin. J'ai rien dit à Pierre à Charles de mes inquiétudes. J'avais envie de retourner chez nous et de profiter de la maison vide pour écouter ma musique.

Les cartes étaient plus sur la table. Marie les avait remises à leur place, bien enveloppées dans leur linge. J'ai trouvé la chose bien attentionnée de sa part. Quand ils sont revenus, j'étais installé au dehors avec monsieur Mozart. La soirée était tant belle, je voulais profiter tout autant de la douceur de l'air sur ma peau que de la beauté pour mes oreilles. La petite Mireille s'en est venue direct sur mes genoux pis si je l'avais laissé faire, elle était partie pour me raconter sa soirée. Mais j'ai vu Léo, arrêté au coin de la maison, gêné à pas savoir comment s'y prendre. Et je me suis dit que je devais l'aider un brin : « Léo, tu f'rais mieux de pas trop tarder à aller t'coucher, demain, on va se l'ver aux aurores. » Il a levé la tête juste un brin, a dit bonne nuit d'une petite voix faible, mais ses pas semblaient plus légers en s'éloignant. La petite Mireille a repris à parler aussi vite. Une chance que Léo était parti, elle avait changé son discours du tout au tout. Elle semblait avoir oublié sa soirée et elle est partie à me parler de Léon pis de la Corse.

— Au marché, je mange une glace et papi Léon, il boit des cafés, et il parle avec des vieux monsieurs. Léo et maman, eux, ils font dodo... Chez nous, il y a des fleurs partout et des gros, gros arbres, et des sangliers... et des chiens... Pourquoi il n'y a pas d'arbres ici ?

— Le monde les ont coupés, pis y'ont pas repoussé parce qu'y a trop de vent... pis à cause de l'air salin itou.

— L'air salin... c'est quoi ?

— C'é l'air qu'é chargé de sel. Pis le sel, y brûle les feuilles des arbres...

Je me suis arrêté de parler, Marie venant chercher la petite pour qu'elle aille se coucher. Mireille m'a donné deux gros becs pis elle a serré ses petits bras autour de moi en mettant sa tête dans mon cou. J'avais jamais rien senti d'aussi doux. Même des petits chats qui arrivent au monde, ils sont pas aussi doux, me semble. Marie est redescendue pas longtemps après, et elle m'a demandé si je serais d'accord de rester seul avec les enfants, qu'elle irait veiller un brin sur La Grave.

— Y'a pas d' trouble, tu peux sortir, j'm'en vais me coucher moi itou, anyway. Passe une belle veillée.

Elle s'était mise belle et j'étais pas mal certain qu'elle s'en allait rejoindre Pierre à Charles. J'ai pas voulu faire mon curieux en lui posant des questions par exemple. Et je suis pas allé me coucher comme j'avais dit. Pour deux soirs d'affilée, j'avais pas conté mon histoire. La petite Mireille, pour sûr, elle en aurait oublié des grands bouts. Je me suis mis à jongler à la pêche du lendemain, et j'avais pas idée de pouvoir m'endormir. J'ai remis ma musique et je suis resté à l'écouter. C'était bizarre de penser que j'aurais le petit Léo avec moi, pis en plus, d'une humeur dont j'étais pas des plus assuré qu'elle soit bonne. La pêche, depuis une bonne escousse, c'est une affaire entre la mer et moi, rien d'autre entre nous deux. Là, il allait y avoir Léo. J'avais espoir qu'il réussisse à plus être juste dans sa peine. Qu'il puisse voir la beauté de la mer, qu'est là tout autour quand on est tout fin seul au milieu de la baie à pêcher le maquereau. J'ai pour mon dire, y a rien sur les Îles pour accoter ça.

Au matin, j'avais pas sitôt bougé des couvertes que j'ai entendu des petits pas venant du haut. Je me suis dépêché de mettre mon café sur le feu avant que Léo descende. Et j'ai sorti la poêle et entrepris de nous faire cuire du bacon. Comme je me préparais à casser les œufs, Léo était là.

– Tu vas en prendre comment, des œufs, mon Léo ? Faut que tu manges bien, travailler au grand air, ça donne faim.

Je lui ai dit ça le sourire fendu jusqu'aux oreilles pour bien lui marquer que hier était oublié pis qu'on n'était pas obligés d'en parler non plus. J'ai vu un début de sourire sur sa face, et il m'a répondu d'une voix quasiment normale.

– Je vais en prendre seulement un quand même, je n'ai pas beaucoup faim.

– Si tu manges pas avant d'partir, la faim va t'prendre su l'eau, pis là, y va être trop tard... J't'en mets deux.

– D'accord, mais est-ce que tu pourrais faire chauffer du lait pour me faire un bol de café d'enfants ?

– C'é quoi ça, un bol de café d'enfants ? T'as toujours pas idée de boire du café à ton âge ?

– C'est un bol de lait chaud auquel on ajoute juste un peu de café. Pas beaucoup. J'en ai déjà bu. Dans les fêtes, chez moi, on en donne aux enfants.

– Ok, d'abord. Mais j'espère que tu nous f'ras pas chavirer si t'es trop sur les nerfs.

On s'est mis à rire tous les deux. J'étais bien content de voir Léo revenu à la normale pis je dirais même, de meilleure humeur que de coutume. Comme je l'ai déjà dit, depuis qu'il est là, Léo, c'est pas un grand rieur.

Quand Marie est descendue nous rejoindre, Léo avait mangé ses deux œufs, plusieurs tranches de bacon pis une couple de toasts itou. Le café au lait semblait avoir été efficace, en tout cas pour lui donner de l'appétit. À le regarder, on se demandait bien où il pouvait mettre tout ça. Marie semblait fatiguée, à croire qu'elle s'était couchée bien tard. Je l'avais en seulement pas entendu revenir. Elle nous a regardés nous préparer et elle s'est pas pris de café ni rien, elle a dit qu'elle voulait juste nous voir partir, qu'elle retournerait se coucher après.

– Je suis contente, vous allez avoir du beau temps sur l'eau. C'est calme à cette heure-ci. J'aimerais être en mesure de me lever aussi tôt à chaque matin.

– Pour sûr, par exemple, c'est malaisé de faire les deux. De s'coucher tard pis de se l'ver aux aurores itou...

J'ai dit ça en riant, pour la picosser un brin. Et elle a souri, les yeux perdus à regarder au large. Faut dire, elle a raison, à la pointe du jour, la lumière a pas son égal. L'air qu'on y respire itou, il est dur à battre, mais ça, elle pouvait pas s'en être aperçue encore. Elle nous a suivis au dehors pour nous prendre en photo et après, je l'ai vue s'asseoir sur la galerie. À mon idée, ça allait prendre une petite escousse pareil avant qu'elle remonte se coucher. L'air du matin, il sent tellement bon, c'est dur de lui résister, même pour un lit bien confortable.

On pourrait croire que tout est calme aux aurores, mais c'est pas vrai en toute. Les oiseaux, y sont déchaînés. La seule exception, c'est quand les corbeaux arrivent, comme c'était le cas à matin. Là, les autres oiseaux se font encore plus petits, comme impressionnés par la robe noire pis les cris des gros volatiles. Léo semblait ébahi autant qu'un petit oiseau par la grosseur des corbeaux. Je pense itou par leur belle couleur bleue bien plus que noire. Faut dire, on pouvait les regarder de proche, ils étaient une bonne dizaine posés juste au ras la berge, probablement un animal mort dans les herbages les ayant attirés là. Moi, j'aime beaucoup les corbeaux. Je comprends pas trop le monde de les regarder comme des oiseaux de malheur. En tout cas, ils sont utiles pour nettoyer. Pour sûr, c'est pas des grands chanteurs, mais leur robe est belle en pas pour rire. Ils sont beaux à voir voler itou. Surtout au ras les falaises, quand ils se laissent porter par les courants d'air qui filent en hauteur. Ils peuvent planer des heures, sans raison apparente, juste pour le plaisir de voler, on dirait. J'étais parti à jongler quand Léo m'a tiré par la manche pour me demander s'il avait plu, le doré étant trempé. Je lui ai expliqué que c'était juste la rosée du matin et je lui ai donné un linge pour qu'y s'essuie une place et qu'y s'installe dans le nez de l'embarcation, pis je nous ai mis à l'eau.

Tout de suite en embarquant sur l'eau, la fraîcheur de la mer t'enveloppe. Ça t'écarquille les yeux, on dirait. Moi, mon vrai réveil se fait là, bien plus qu'en buvant mon premier café du matin. En recevant cet air-là, Léo s'est tourné pour me regarder avec son plus beau sourire depuis qu'il est aux Îles. J'étais content en diable.

Tout le long, en allant vers mon mouillage, Léo regardait droit devant lui. Il s'est pas retourné une seule fois et j'étais pas inquiet en toute, au contraire, c'était bon signe. Quand j'ai été rendu à lever mes filets, pour sûr, il aurait aimé à aider mais je lui ai dit que je lui montrerais comment faire sur la terre ferme. C'est trop difficile d'apprendre à décrocher les maquereaux sur l'eau, surtout avec des petites mains d'enfant, j'avais pas envie qu'il se rentre un crochet dans un doigt. Là, que je lui ai dit, il avait assez à faire à se tenir au doré. Ça tangue en pas pour rire quand le filet est plein, pis je dois me pencher itou pour le monter au fur et à mesure que j'y décroche le poisson. Au début, il me regardait faire en suivant mes gestes, mais après un bout, les oiseaux sont arrivés, et son attention s'est déplacée vers eux. Pis les oiseaux, c'est pareil... Au début, ils sont bien attentionnés, pis après un bout, quand ils voient que je rejette rien à l'eau, parce que j'arrange pas le maquereau tout de suite, ils arrêtent de nous tourner autour pis ils vont voir ailleurs. Il y a juste un guetteur qui reste en arrière pour avertir les autres au cas où je changerais d'idée. Une fois mon filet remonté, je l'ai préparé pour le remettre à l'eau. C'est long un peu... il faut que je lui mette de la bouette

pis que je le réinstalle comme il faut, entre mes bouées...
pour pas avoir de voiles qui passent au ras mon filet.

Après, au lieu de retourner à terre, j'ai amené Léo
vers le goulet. C'est mon meilleur spot, il fallait que je lui
montre. J'ai arrêté le doré une bonne escousse pour
qu'on puisse regarder l'ouverture sur la mer, et j'ai tourné
de bord. J'ai ramé lentement sur le retour, rapport que je
voulais donner du temps à Léo. Il disait rien, mais il avait
un sourire qui en disait long. C'est seulement sur le point
de toucher terre qu'il s'est décidé.

– J'ai demandé à maman, hier... Il nous reste seulement cinq jours avant de reprendre le bateau et partir.

– Oué, j'sé, j'ai compté ça, moi itou... c'é pas long.

– Je me demandais si tu serais d'accord de m'amener
à la pêche avec toi pour tous les autres matins ?

– Oh, j'aimerais ça en pas pour rire, mon Léo. On va
demander à ta mère, mais moi, pour sûr, j'suis d'accord,
pis j'suis content que t'aimes à venir sur l'eau.

J'ai pensé en moi-même que ça nous donnerait du
temps à être ensemble itou. Mais des fois, vaut mieux pas
trop en dire, je l'ai bien compris dans les derniers jours.
En touchant terre, on a vu la petite Mireille s'en venir
nous rejoindre en courant, Marie à sa suite qui courait
elle itou. Pis derrière, Pierre à Charles suivait, en marchant par exemple. La petite Mireille s'est mise à poser
toutes sortes de questions à Léo et on a ri toute la gang
parce qu'elle posait des questions pis elle faisait les réponses itou, sans laisser à Léo le loisir de répondre. J'étais
content de voir Léo rire de même pis faire le fou avec sa
sœur. Il s'est mis à lui courir après en lui disant qu'il
allait la couvrir de maquereaux. Pis Mireille courait, en
criant et en riant.

Marie a voulu qu'on mange du maquereau rôti. Elle disait même que je devrais laisser faire ma tournée pour à matin, pis qu'ils pourraient m'aider à mettre le restant en pots, elle pis Pierre. Elle disait qu'elle avait une bonne recette de par chez eux et qu'elle était pas mal sûre que je l'aimerais. Pis Pierre disait que sa mère avait des pots pour les fins et pour les fous, à plus savoir quoi en faire. Qu'elle m'en donnerait pour sûr. C'était une offre qui se refuse pas. J'allais abandonner le reste de ma tournée, mais je voulais en apporter à Rita par exemple. Depuis une bonne escousse que j'y pensais sans m'y rendre, pis là, me semble que c'était le bon jour pour y aller.

J'ai arrangé tous les maquereaux à l'ombre de mon petit magasin[28]. Il est assez loin de la maison, question de pas toujours avoir des odeurs de poisson au proche. Pis le banc est tourné vers le large pour profiter du grand air. Pierre à Charles m'a apporté un café et m'a dit qu'il s'en allait chercher les pots. Après, c'est Marie qui m'a visité sur mon banc. Elle était curieuse de la pêche avec Léo, même si elle avait bien vu qu'il avait aimé sa sortie. Je lui ai dit qu'il voulait revenir tous les matins restants pis elle était bien d'accord. Ensuite, c'est les enfants qui sont venus. Eux, je les ai fait travailler. Je les ai greyés de chaudières pis je leur ai montré comment rincer les maquereaux, le plus éloigné de la maison que permet la longueur de la hose. Une grande chaudière remplie à la moitié de maquereaux arrangés, pis des petites pour mettre les maquereaux rincés. Certain, ils se sont barbouillés pas qu'un peu, mais quand tout a été fini, ils se sont bien lavés, tout pareil à la veille. Et une fois les

---

28. Petit magasin est employé dans le sens de petite remise.

maquereaux arrangés, je suis parti avec une chaudière pour Rita.

Je me sentais comme un gars en vacances. Rita était dehors, perchée dans son échelle, en train de réparer quelque chose, comme c'est presque toujours le cas durant l'été. Elle m'a pas vu arriver et j'ai appelé son nom, encore assez loin de sa maison pour pas la surprendre et la faire sursauter.

– J't'ai apporté une chaudière de maquereaux mais c'pas utile que tu descendes de ton échelle, dis-moi juste où tu veux que j'te la laisse.

– Non, non, j'vais descendre, j'veux te montrer quelque chose.

Je l'ai regardée faire pendant qu'elle rapaillait ses outils pis qu'elle descendait de l'échelle. Rita, elle est comme son frère Pierre, on dirait que tous ses gestes sont pensés à l'avance, avec une façon de se mouvoir qui fait plaisir à voir. Dans le fond, j'étais content qu'elle s'arrête de travailler. Depuis que ma visite était arrivée, j'avais pas eu de jase avec Rita, pis là, me semble qu'on était dû.

Les premières fois où j'ai eu affaire à Rita, je la trouvais gênante en pas pour rire. Mais maintenant qu'on est habitués un à l'autre, c'est plus pareil en toute. On s'accorde tellement bien qu'on peut même passer du temps ensemble sans dire un mot.

– As-tu du temps pour un café ? Oh, pis si tu l'as pas, prends-le, la vie est trop courte pour la passer à courir.

– Pour sûr que j'ai l'temps, j'vais t'espérer dehors.

Pis je me suis installé dans ses grosses chaises Adirondack. J'aime à m'asseoir là. Je pourrais y passer mes journées. La Rita, elle a vraiment la plus belle vue que je connais sur les Îles. Même le riche à son frère Pierre, qui s'est fait construire sa maison dans les hauteurs de l'Étang-des-Caps, il réussit pas à l'accoter. Je sais pas pourquoi c'est faire que je trouve la vue aussi belle, mais à chaque fois que je m'installe dans ses chaises, il faut que je me fasse violence pour en repartir. On dirait que le paysage prend le dessus sur ma tête, pis que je suis plus capable de penser à rien. Je reste là, bien heureux, le gros sourire fendu d'une oreille à l'autre. De chez Rita, on voit la Baie de Plaisance dans toute sa grandeur. Pis on la voit de haut, avec souvent un genre de brume à l'endroit où la mer rencontre les dunes. La vue en est comme adoucie. L'odeur qui arrive des herbages y est bien plaisante itou. Toutes sortes de plantes sauvages y poussent mais c'est surtout les pommes de pré ²⁹ et les berris ³⁰ qui dominent. Leur feuillage répand dans l'air une odeur qui se compare à aucune autre. En tout cas, moi, je suis comme ensorcelé quand je m'assois là. Il y a du monde de par ici, ils disent que Rita est un peu sorcière... c'est peut-être ça ! Rita, elle connaît toutes les plantes qui poussent sur les Îles, et elle se soigne avec. Même que des fois, pour certaines maladies, elle en commande d'en dehors. Pis elle fabrique ses médicaments toute seule. Il y a pas mal de monde qui vient la voir pour lui demander conseil quand les pilules sont pas de service. C'est ça qui fait parler, pis en plus, Rita, elle en rajoute avec son mauvais caractère. Pour sûr, elle s'est pas construit une maison à l'écart de même pour toujours être envahie par la visite. Elle est si peu aimable qu'il y a personne pour venir la voir, si le

---

29. Pommes de pré : gros atoca ou canneberge à gros fruits, doivent être récoltées après avoir gelé.
30. Berris : airelles de la vigne d'ida, récoltées après avoir gelé ; plus petites, elles s'utilisent comme la canneberge.

besoin est pas bien important. Grâce à elle, je connais un peu plus d'herbages qu'avant et je sais à quoi ils servent itou. J'aime à apprendre ces affaires-là. Je me demande bien pourquoi elle m'a adopté, moi plutôt qu'un autre, mais en tout cas, avec moi, elle est fine en pas pour rire. Je lui pose pas de questions sur ce sujet-là, trop heureux de profiter de ses bons hospices pour faire mon questionneux. Toujours est-y que Rita est sortie avec deux tasses de café et ça pouvait faire aussi bien cinq minutes que j'attendais qu'une heure, j'en aurais pas vu la différence et je me serais pas plaint non plus. J'étais quand même content de l'avoir là, assise à côté de moi. Elle a pas parlé tout de suite, elle a bu son café tranquillement et ensuite, elle m'a tendu un petit paquet tout bien enveloppé dans du beau papier bleu pâle.

— Coudonc, Rita, c'é-tu ma fête pis que j'm'en rappelle pas ?

— J'ai pas besoin que ce soit la fête de quelqu'un pour lui faire un cadeau. J'trouve ça tellement beau à voir comment t'aimes la musique... j'me suis demandée quelle musique serait assez belle pour toi, pis après y avoir pensé longtemps, j'ai trouvé.

J'ai enlevé le papier autour, pis là j'ai été surpris de voir une cassette pleine d'images mais sans parole aucune. Les images, c'était des violons pis des violoncelles, ça donnait une bonne idée de la musique qui aurait dedans.

— Merci, Rita, c'é un sacré beau cadeau. J'comprends pas comment t'as réussi ton coup, j'pensais qu'on trouvait plus ça nulle part, des cassettes.

— J'ai écrit à un ami de Montréal. En ville, on peut encore en trouver dans certains magasins. Pis je me suis dit qu'avec le nombre de cassettes que tu commences à avoir, il fallait trouver des manières pour que tu les reconnaisses facilement. Là, tu pourras pas te tromper avec une autre, c'est certain.

J'ai rien rajouté. J'avais pas besoin de rien rajouter. J'ai juste regardé Rita, et elle a compris comment j'étais content. C'était déjà toute une attention de sa part de me choisir une musique, de demander à un ami de Montréal d'aller l'acheter pis de l'envoyer après. J'en revenais pas qu'en plus, elle ait pensé au fait que je savais pas lire, pis qu'elle ait pris le temps, parmi tout son ouvrage, de me fabriquer une couverture de cassette, juste pour moi. On est restés encore une escousse à regarder au large, pis Rita a dit qu'elle devait retourner à son ouvrage. Je me suis souvenu qu'à la maison, les autres devaient espérer après moi, pis je me suis levé moi itou.

En m'en retournant chez nous, j'ai pris mon temps. Pour dire, il restait juste quatre jours à ma visite à passer sur les Îles. Le cinquième jour, ils prenaient le bateau au matin. Il fallait que je pense à mon affaire comme il faut. Je voulais qu'ils repartent la tête pleine de tellement de belles choses qu'ils auraient pas le choix de revenir d'année en année. En premier, je voulais les amener toute la gang sur l'eau. Demain, la journée serait encore calme, et sitôt dîné, il nous faudrait partir pour la baie d'en dedans. Les bleuets devaient commencer, c'était une autre belle sortie à faire. Pis il y avait la dune d'Old Harry, pour la plupart des touristes, c'est leur meilleure, je voulais que Marie et les enfants la voient eux itou. Une fois que j'ai eu pensé à tout ça, j'ai marché plus vite.

Arrivé à la maison, ça m'a frappé tant l'image était belle. On aurait dit une peinture. La petite Mireille sur le bord de l'eau, en train de travailler à un château, toute habillée en rouge. Un point vif dans le paysage rempli de couleurs douces. Autour d'elle, des bleus pâles, les verts pâles des herbages, pis le doré du foin de dune. Dans un coin de la peinture, il y avait ma maison en bois. Marie et Pierre à Charles, assis sur le bord de la galerie. Marie toute douce dans sa robe bleue et Pierre à Charles flamboyant comme la petite Mireille dans sa chemise rouge. Je suis resté une escousse figé à les regarder avant qu'ils s'aperçoivent que j'étais là. J'aurais voulu regarder cette image-là, sans bouger, encore longtemps, mais on peut pas arrêter la vie de couler, pis je me suis avancé vers la galerie. En me voyant, Pierre à Charles s'est levé, pis il a allumé son barbecue.

– On attendait après toi. Les maquereaux sont prêts à cuire pis les pots sont sur le feu.

– Ah, ben, tout le monde va être content de même, moi le premier. Merci bien. Où c'é qu'é Léo ?

C'est Marie qui m'a répondu : « Il fait une sieste, il dort depuis que tu es parti. Il en avait besoin. Je vais le réveiller pour manger quand les maquereaux seront prêts. »

– T'as bien fait en tabarouette de l'envoyer se r'poser, y doit en avoir besoin après not'matinée en pêche. J'ai pensé que demain, on pourrait aller sur l'eau toute la gang après dîner. Du temps calme de même, faut en profiter quand ça passe, pis y vous reste plus longtemps sur les Îles non plus. Mais là, quand j'dis toute la gang, j'parle pas pour toi, Pierre, j'm'excuse, mais tu sais bien que y'a pas assez de place dans mon doré.

– Oué, oué, crains pas, j'avais compris. De toute manière, j'ai du travail à faire, mais j'ai une bonne nouvelle par exemple. Mon frère Jean est d'accord pour nous amener tout le monde sur l'eau dimanche, toi itou André. On pourra se baigner en mer pis souper sur le bateau avec du homard. Y nous ramènerait sur La Grave à la fin du jour.

– Les enfants vont être fous de joie.

Marie a dit ça en riant, elle avait l'air contente pour vrai.

– Bon, ben, toute é beau de même d'abord. J'vais me débarbouiller un brin en haut, pis j'peux réveiller Léo après si tu veux ?

Elle m'a juste fait un grand sourire au lieu de me répondre. Et moi, j'en reviens pas comment la vie peut être belle des fois. J'en avais oublié ma cassette, encore dans ma poche. Je l'ai sentie en montant les escaliers et je suis redescendu la poser à côté de la machine. Même si j'avais hâte de l'entendre, ça devrait attendre la soirée pis le calme revenu dans la maison. Un bonheur à la fois.

Pour dire la franche vérité, dans mon doré, y'aurait eu de la place pour Pierre à Charles itou. En étant bien cordées, cinq personnes peuvent s'y asseoir. Mais j'avais pas le goût en toute qu'on soit bien cordés. Je voulais qu'on ait de la place pour grouiller pis pour s'escârer[31] si l'envie nous prenait. Pis ça faisait mon affaire qu'on soit juste les quatre itou, j'avais envie des avoir juste pour moi une petite escousse.

Léo a pas eu besoin de mes soins pour se réveiller, quand je suis ressorti de la salle de bains, il était déjà plus dans son lit. Faut dire, la petite Mireille était rentrée, pis je l'entendais pousser toutes sortes de petits cris. Assis à

---

31. S'escârer : se mettre à l'aise, s'étendre confortablement.

la table, Léo semblait encore dormir, mais lui aussi, il était content de nos projets. J'avais eu peur qu'avec toutes ces sorties-là de prévues, Léo veuille pas se lever de bonne heure, demain, pour revenir en pêche, mais je m'inquiétais pour rien. Dès qu'il m'a vu descendre, c'est la première chose qu'y m'a dit : « Est-ce que ça change les choses pour demain matin ? Je vais pouvoir aller pêcher avec toi quand même ? »

— Sûr que ça change rien. En plus, t'as bien dormi, tu vas être en forme pour te lever pêcher demain au matin.

À ce moment-là, Pierre à Charles est rentré pour nous dire de nous en venir manger, que tout était prêt au dehors. Pis c'était vrai que tout était prêt, et c'était bien pensé itou. Pierre, il avait amené une grande planche, des supports et une nappe fleurie. Pis ça donnait une mautadite de belle table. Et toutes les chaises tournées face à la mer. Certain, on se serait cru dans un film. Pis me semble que j'avais jamais mangé du maquereau aussi bon. Les petites patates nouvelles étaient des meilleures itou. Pis la salade avec toutes ses couleurs était tant belle que c'était quasiment gênant de la manger. J'ai même pris une petite lampée de vin. Je pouvais pas faire autrement. Mon sourire s'étendait d'une oreille à l'autre, et je crois bien que je m'aurais pas levé de table du restant de la journée. Mais Pierre à Charles devait avoir de l'ouvrage en attente. Sitôt fini de manger, il nous a dit que si Marie et les enfants voulaient aller à la plage, y pouvait les amener avec lui et les reprendre à la fin du jour. Marie a pas mis long à s'organiser pis je me suis retrouvé fin seul assis à la grande table du dehors. Je suis resté assis là longtemps. Finalement, je me suis levé et j'ai marché vers le goulet.

À mon retour, Marie et les enfants étaient là. J'ai vu de loin le linge de la plage à sécher sur la corde. Pis de loin itou, une bonne odeur m'est arrivée. Apparence, c'était une ratatouille, une recette de par chez eux. On a mangé bien tranquilles juste tous les quatre, mais on a dû s'installer dans la maison rapport aux maringouins. La soirée était calme, sans haleine de vent, et les maringouins auraient eu tout le loisir de venir piquer ma visite. Ce coup-ci, j'ai eu bien du temps pour avancer dans mon histoire aux enfants. Pis même en reculant un brin au début, le conte était rendu proche de sa fin.

Au matin, Léo a descendu au moment où je mettais mon café sur le feu pis que j'y mettais du lait à chauffer pour le sien. Maintenant que j'avais bien vu qu'y nous ferait pas chavirer, j'avais rien contre. On est partis quand la maison dormait encore et c'était toujours aussi tranquille à notre retour. Mais pour sûr, y'avait plus personne à dormir dans le haut. Marie avait laissé un papier sur la table que Léo a lu. Elle était partie faire des commissions avec Mireille, pis elles seraient de retour pour dîner. J'étais bien content que Léo ait trouvé le message en premier. Et qu'il l'ait lu bien tranquillement à haute voix, sans qu'y s'aperçoive que moi, je savais pas. On a fait la tournée ensemble pis après, Léo est allé se coucher pour son somme pendant que moi, j'ai pris un bain. C'était plaisant de me laisser tremper sans un bruit dans la maison. En descendant, je me suis fait un café et j'ai pensé à mettre la musique de Rita, mais j'ai préféré attendre d'être certain de pouvoir l'écouter d'un bout à l'autre sans être dérangé. Là, Marie et Mireille allaient sûrement revenir dans pas long. Me semble, la première fois où t'écoutes une musique, y faut que tu t'assures d'avoir le silence avec toi jusqu'au bout.

Je sais pas comment ils avaient arrangé leur affaire, mais c'est Pierre à Charles qui a ramené Marie et Mireille, pis plein de mangeaille avec eux. Pierre est resté à dîner avec nous autres et on s'est installé à la table du dehors, comme hier. Mais sitôt la dernière bouchée prise, Pierre nous a dit que si on voulait aller sur l'eau, il fallait y aller maintenant pour qu'il nous donne un lift jusqu'au Cap. Pour sûr, comme je savais qu'il était content d'être là lui itou, et que pour deux jours d'affilée il nous pressait de même, il devait avoir gros de l'ouvrage, certain. Je me suis forcé à me lever pour faire du café mais Marie m'a arrêté. Le café était déjà prêt, elle l'avait mis dans un thermos pour le boire une fois sur l'eau. Elle avait aussi préparé une collation pour les enfants sans que je me rende compte de rien, tellement j'étais bien, assis à cette table-là. Il me restait juste à sortir mes rames, à les embarquer dans la boîte du truck, pis à m'asseoir à côté. Marie a attaché les enfants à l'avant, pis elle est montée avec moi à l'arrière. On espérait juste de pas croiser la police sur notre chemin.

Je peux dire que cet après-midi-là sur l'eau a sûrement été une de mes plus belles sorties à vie. Pis pour sûr, j'y suis allé plus d'une fois, sur la mer. D'abord, on a contourné le Cap, pis on a longé la grève sur toute sa longueur, bien tranquillement, pour que Marie montre aux enfants tous les endroits où ils étaient allés à pied. Après, on a viré au quai du Havre et on a encore longé la grève, mais de l'autre bord, du côté de la marina. On a continué de même, en suivant la côte, vers un spot que je connais, où le fond est quand même assez solide et où les enfants pouvaient se baigner sans risque. La mer y est chaude à cet endroit-là. Il y a pas gros d'eau, et celle qui y passe, elle a tout le loisir de se faire réchauffer par le soleil. Marie s'est baignée avec les enfants, pis moi j'en ai profité pour m'escârer à mon aise et boire du café.

Je les regardais jouer dans l'eau. Je voyais itou des pêcheurs de palourdes, pas bien loin. Et en reconnaissant Steve à Émile, je me suis dit que ce serait une bonne idée d'avoir des palourdes pour notre souper. Une fois tout le monde de retour dans le doré, on s'en est allés voir les pêcheurs de proche et Steve à Émile nous a fait cadeau d'une pleine chaudière de palourdes, des grosses à part ça, mais pas trop grosses non plus, les meilleures. C'est sûrement à cause des enfants, ou bien donc de la beauté de Marie, parce que Steve à Émile, il m'aurait jamais donné de palourdes si ça avait été juste pour moi. En tout cas, j'étais bien content, pis toute la gang dans le doré itou. On a viré de bord un peu dépassés les pêcheurs, question d'avoir une belle vue sur l'Île d'Entrée, sans s'approcher trop près de la grosse mer et avoir du trouble à revenir. Mon doré, il est stable sur l'eau, mais il est lourd à tirer, il fallait pas que je me retrouve à devoir ramer contre le courant proche du chenal. En repassant à côté de la marina, il y avait un beau voilier en bois de parqué là. On était en train de le regarder de proche quand un gars de l'équipage nous a vus. Il nous a dit qu'on pouvait monter à bord, si on voulait. Et pour sûr, on s'est pas gênés. J'ai collé le doré à l'échelle du voilier pis Marie et les enfants sont grimpés faire une visite, moi, j'avais pas envie de débarquer. Je trouvais drôle de les attendre de même, accôté au voilier, comme un chauffeur de taxi en doré.

Le retour à la maison s'est fait bien tranquillement. Marie a même essayé de ramer pendant une escousse. Pour sûr, ça paraissait qu'elle savait s'y prendre, mais le doré est déjà lourd à faire avancer tout seul pis là, on était pas mal chargés. Mais surtout, mes rames étaient bien trop grosses pour ses mains. Elle a quand même essayé pendant un bout, pis là, elle a dit quelque chose qui m'a fait plaisir à entendre en pas pour rire... « Il faudrait demander à Pierre de me faire des rames à ma taille pour que l'année prochaine, je vous promène sur la mer et que toi, André, tu puisses juste profiter du paysage sans rien faire. » Quand elle a dit ça, Léo et moi, nos regards disaient la même chose : mautadit qu'on était contents ! Pour sûr, je m'y attendais, mais comme ce voyage-là coûte cher, j'avais peur que l'argent empêche Marie de revenir aussi souvent qu'elle aurait voulu. La petite Mireille a rien dit, trop petite, je crois bien, pour penser aussi loin qu'à l'année d'après.

— Et même, si tu veux de nous, j'ai pensé qu'on pourrait passer le mois d'août au complet, deux semaines, c'est trop court.

— Pour sûr que j'veux de vous autres... J'suis content en diable. Un mois ! Léo va avoir le temps de devenir un vrai pêcheur, c'est certain. Pis crains pas, les rames vont t'attendre, pis tu pourras sortir sur l'eau autant que tu vas vouloir.

Le reste du retour, on riait pour rien toute la gang, même Mireille qui y comprenait pas grand-chose, mais la petite Mireille, elle a pas besoin d'avoir de raison pour rire. On s'est arrêtés encore pour la baignade, une fois le Cap viré, pis de là, on a vu Pierre à Charles qui nous attendait au bord. Il m'a donné un coup de main pour monter le doré et comme il s'informait de la raison qui nous rendait autant de bonne humeur, on lui a dit pour l'annonce de Marie. J'ai jamais vu quelqu'un d'aussi content. Il a attrapé Marie et il l'a fait tourner dans les airs, et après, ç'a été le tour des enfants, les deux du même coup. Pour sûr, il était pas au courant de la nouvelle avant. On est restés sur la grève à faire les fous. Toute la gang à s'amuser en lançant des roches plates sur l'eau. Le jeu, c'est d'essayer de faire faire le plus de sauts à la roche en la faisant filer au ras la surface. Pis on a regardé le ciel jusqu'à ce que la dernière pointe de lumière disparaisse et qu'il reste plus juste un brin de rose sur la mer.

Arrivés à la maison, il était rendu trop tard pour faire souper les enfants avec des palourdes, une affaire pour qu'ils fassent des cauchemars et qu'ils dorment pas de la nuit. Moi itou, j'avais pas envie de manger de palourdes avant d'aller me coucher. J'avais pas idée de trop tarder non plus, j'étais fatigué en mautadit par ma journée pis toutes les folies qu'on avait faites. J'ai mangé tout pareil aux enfants, une tranche de pain avec un bout de fromage, et je me suis couché pis endormi aussi vite. Marie et Pierre, eux, ils se sont fait cuire des palourdes, j'imagine qu'ils ont veillé tard... En tout cas au matin, le truck de Pierre à Charles était encore devant la maison. Certain, les langues allaient se faire aller dans le canton.

J'ai pas eu besoin de monter réveiller Léo. On a déjeuné pis on est partis sans avoir vu personne de la maison. Une belle matinée, mais avec un petit vent qu'a commencé à forcir du moment qu'on a quitté terre. J'ai raccourci un brin notre promenade après avoir levé les filets. Même si je savais qu'on aurait pas de misère à revenir, je voulais pas faire des peurs à Léo ni à sa mère, au cas où elle serait debout pis qu'elle se serait aperçue que le vent avait forci. On a fait la tournée des maisons ensemble et une fois de retour chez nous, le vent était devenu pas mal plus fort. Trop fort en tout cas pour la sortie sur le bateau de Jean à Charles du lendemain dimanche. En entrant dans la maison, Pierre à Charles, Marie et la petite Mireille nous attendaient pour s'informer du temps. C'est Léo qui leur a donné des nouvelles : « Le vent va devenir beaucoup trop fort pour la sortie en mer de demain mais André a dit que c'était un temps idéal pour aller cueillir des myrtilles... Ici, les gens les appellent des bleuets. Les moustiques vont nous laisser tranquilles grâce au vent. »

– Es-tu certain de ton affaire, André ? Me semble qu'y donnaient pas de gros vents en toute.

– Tu peux traverser téléphoner chez Marie-Louise si tu veux, ton frère Jean est revenu pour sûr.

– Non, non, j'te crois, André. C'est juste que c'était pas prévu. Pis j'appellerai pas Jean certain, depuis qu'on est p'tit qu'y rit de moi parce que j'ai jamais été bon avec la météo... j'vais pas y donner la chance de rire encore. J'me fie à toi.

– Je trouve que c'est une excellente idée de cueillir des myrtilles-bleuets. Les enfants et moi, nous avons l'habitude des cueillettes, et on adore ça.

– Ok d'abord, va pour les bleuets, maman va être d'accord pour nous faire des tartes c'est certain, pis moi, je s'rais d'avis qu'on se fasse un souper au homard à soir. Avec le vent, y'aura pas de maringouins, pis on va être bons pour s'installer dehors. Le homard, ça fait trop de mess pour le manger dans les maisons.

– Si ta mère nous fait des tartes, on va l'inviter à souper avec nous autres. À moins que ça t'tente pas...

– Non, non, j'suis bien d'accord. J'vais pouvoir y présenter Marie et les enfants mais toi, ça m'surprend, d'habitude t'aimes pas à avoir du nouveau monde dans ta maison. Mis à part ta famille, c'est certain...

– T'as raison, mais c'é justement... ta mère, c'é un peu rendu comme d'la famille. J'pense que y'é temps itou que ta mère voit ma maison, après ça, j'ai comme dans l'idée qu'a va p't-être changer d'opinion su moi. A va voir que j'vis pas dans la misère, que j'suis bien ici, pis qu'a l'a pas besoin d'avoir pitié autant.

– C'é bien correct de même, j'vais l'inviter de ta part.

On a dîné tous ensemble. On s'est régalés d'une omelette au crabe faite par Pierre à Charles. Après, Pierre est parti. Léo est monté faire son somme et Marie est sortie marcher avec Mireille. La maison s'est retrouvée bien tranquille et ce coup-ci, j'ai sorti la cassette de Rita. J'ai approché la berceuse du châssis qui donne au large pis je me suis installé là pour écouter les violons. On aurait dit que le vent rentrait dans la maison. Un vent doux qu'avait bien des choses à conter. Pis des fois un vent en furie itou.

Depuis que ma visite est sur les Îles, je suis pas retourné un seul soir sur La Grave. Je m'en suis pas ennuyé non plus, mais j'ai comme dans l'idée qu'une fois ma visite partie, la musique va être ma consolation. Et j'aurai tout le loisir d'en écouter quand le temps sera venu. Finalement, j'avais même pas tourné la cassette de bord que Marie était de retour avec Mireille. Mais j'étais pas fâché en toute de les voir revenir si vite. Je voulais en profiter pendant qu'elles étaient encore là. En entrant, Marie s'est exclamée : « J'adore ce que tu écoutes, la Romance pour violon de Beethoven est l'une de mes pièces favorites. »

– Tu connais bien la musique pour savoir vite de même c'qui joue.

– J'ai appris le violon quand j'étais petite.

– Joues-tu encore ?

– Non, je n'ai pas retouché un violon depuis longtemps, mais Léo est doué. Il prend des cours depuis trois ans. Et Mireille va commencer à la rentrée d'automne.

– Mais comment ça se fait que y'a pas amené son violon avec lui ? Tabarouette que j'aurais aimé à l'entendre jouer !

– Depuis la mort de papi Léon, Léo boude son violon. Il a continué ses cours mais il ne pratique presque plus. Je pense qu'il va s'y remettre... je ne voulais pas insister trop.

– J'comprends. J'espère que tu dis vrai, que le temps va faire son œuvre, pis qu'y va reprendre à jouer. Y'a rien que j'aime mieux que d'écouter de la musique, pis le violon, c'est dans mes meilleurs...

– La vie est étrange. Elle semble se répéter... Papi Léon adorait le violon, Léo jouait toujours pour lui. Dès qu'il maîtrisait un nouveau morceau, c'est à papi Léon qu'il allait le jouer.

– C'é bien pour dire... J'y pense, Pierre à Charles t'as-tu dit qu'y jouait du violon lui itou ?

– Pierre joue du violon ! Non, il ne m'a rien dit.

– Pour sûr, c'é pas du violon comme sur la cassette que j'ai là. C'é violoneux qu'on dit par ici. Y joue à l'oreille pis j'crois pas que y'a jamais suivi de cours. Sur les Îles, y'a bien des musiciens, la plupart y'ont appris comme ça, juste à avoir un instrument dans les mains.

Pis en plus, Pierre à Charles, c'est un raconteux d'histoires. Moi, c'que j'aime le mieux, c'é quand y raconte pis qu'y joue en même temps. C'é comme si le violon te parlait lui itou. Heille, on devrait y dire d'apporter son violon pis de nous jouer quèq'chose à soir, après souper.

– Je n'en reviens pas qu'il ne m'ait rien dit. J'ai hâte de l'entendre...

Léo est redescendu en même temps que Mireille qui devait être allée le réveiller pour sûr. La petite Mireille avec son air d'ange, elle est ratoureuse. Elle laisse jamais son frère tranquille bien longtemps. Il aurait été temps de partir aux bleuets mais Pierre à Charles était pas revenu. Et je voyais pas le moyen de se rendre aux bleuets sans voiture. C'est une longue route à pied, même pour des adultes, il y en a pas beaucoup pour l'entreprendre. D'autant qu'après la cueillette, il aurait fallu revenir à pied du fin fond des Bois Brûlés.

– Est-ce que Pierre à Charles t'a dit quand est-ce qu'y serait là ? Y faudrait pas trop tarder à y aller.

– Pierre ne viendra pas avec nous, il a trop de travail. Nous pouvons partir dès que tu veux.

– Mais on peut pas y aller sans voiture, c'é bien trop loin.

Marie m'a regardé en riant, pis elle m'a montré la fenêtre d'en avant pour que je regarde. Le truck à Pierre à Charles était parqué dans la cours pis je m'en étais pas rendu compte. Marie a brassé les clés dans sa main, pis elle m'a dit : « Tu vas devoir m'indiquer le chemin. »

J'en revenais pas de pas m'être rendu compte que Pierre à Charles était parti à pied et qu'il avait laissé son truck devant la maison. Moi qui remarque tout ce qui se passe d'habitude, la chose m'avait passé sous le nez. Faut croire que je suis pas dans mes accoutumances en toute. J'ai envoyé les enfants et Marie se changer. Pour aller aux bleuets, il faut des pantalons pis des chandails à manches longues. La petite Mireille a dû y retourner trois fois. Le premier coup, elle s'était habillée en blanc, la fois d'après, elle avait mis une robe qui lui arrivait sur les talons. La troisième fois a été la bonne... faut dire que Marie s'était tannée pis qu'elle était montée avec elle.

On espérait de pas rencontrer la police encore cette fois-là, vu qu'on était quatre assis en avant et qu'on a juste le droit d'être trois. Heureusement, on n'avait pas long à faire sur la grande route. La majeure partie du chemin se fait sur des petites routes de terre. Une fois arrêtés, on s'est éloignés du chemin, pis on a cherché des grosses bouillées [32]. Marie pis moi, on ramassait. Les enfants, eux, ils mangeaient à mesure et le fond de leur seau restait vide. On était bien tous les quatre de même. Sans parler, juste à se sourire de temps en temps. À les regarder aller, on voyait qu'ils étaient habitués. Marie a prévenu Mireille au tout début de manger juste des bleuets pis de pas toucher aux autres plantes. Pourtant, c'était évident à l'entendre que c'était des choses déjà dites, et répétées une fois de plus.

L'odeur qui monte, du moment qu'on bouge un brin au travers des branchages, c'est plaisant à respirer. De l'air chaud nous arrive du bas, pis c'est bien d'adon s'il y a une bonne brise pour nous rafraîchir le haut du corps. J'étais déjà venu avec Rita plusieurs fois, et juste avant de partir, j'ai fait un petit croche pour montrer à

---

32. Bouillée : touffe d'arbustes, est employé ici dans le sens d'un secteur bien fourni en bleuets.

Marie le thé du Labrador. Marie, elle connaissait ça de nom, mais elle en avait jamais vu. J'étais content de pouvoir faire mon connaissant vu que Rita m'avait appris bien des affaires sur le sujet. Le thé du Labrador, c'est pas du thé en toute pour sûr pis ça pousse juste dans le Nord, jusqu'au Groenland, où y'a pas grand-chose d'autre qui pousse. Pis c'est connu depuis des lustres pour ses vertus pour soigner bien des maux. Mais c'est bien bon au goût itou pis on s'en est fait une petite cueillette. On a placé nos récoltes dans le truck pis on a marché un brin sur les chemins de terre. J'avais entendu dire qu'il y avait du nouveau et comme de fait, y'en avait. Un quai a été construit sur l'étang. Avec les enfants, on est allés au bout, même s'il y avait pas grand-chose à y voir. La mer est encore loin. En bateau, il y a bien du viraillage avant de l'atteindre et c'est la même chose pour le regard. On y voit seulement des arbres rabougris, à moitié morts, pis de l'eau qui sent pas trop bon vu qu'a bouge pas gros. Je comprends pas trop les plans des gens qu'ont bâti ça. On m'a dit qu'ils veulent faire une réserve. Me semble... il y a jamais personne à venir par ici, hormis pour cueillir des bleuets pis durant la période de la chasse à la volaille. C'est loin d'être gros de monde, deux trois chasseurs pas plus. Ils doivent pas faire bien du tort aux volailles. Construire un quai... Pis à la grandeur de la place, j'espère qu'ils s'imaginent pas être en mesure de tout surveiller. J'ai dans l'idée que c'est encore des affaires plus pour attirer les touristes que pour protéger les volailles qu'en ont pas le besoin. J'espère en tous les cas qu'y nous empêcheront pas de cueillir nos bleuets. Des fois, les bonnes intentions, y'a rien de pire.

En revenant, Marie nous a laissés, Léo pis moi, à la maison et elle a continué avec Mireille pour apporter les bleuets à la mère de Pierre à Charles pis peut-être aider à faire les tartes itou. Léo s'est changé pis après, on est allés voir Marie-Louise à la boulangerie. J'avais dit à Marie que je verrais au pain pour le souper. Depuis que ma visite est là, c'est toujours un ou l'autre qui s'occupe du pain. Normalement, j'y passe à tous les jours où c'est ouvert, quand c'est pas pour acheter, du moins pour saluer Marie-Louise. C'est ce qui explique son accueil quand on a poussé la porte, Léo pis moi.

– Ah ben, d'la grande visite ! Pis t'as un beau p'tit monsieur avec toi à part ça. J'ai vu sa sœur pis sa mère une couple de fois. Marie et Mireille, elles sont venues acheter du pain pis des fois, elles se sont même assises pour manger des pâtisseries.

J'allais répondre, mais Léo a été plus vite que moi : « Moi, mon nom, c'est Léo, madame. Et j'aimerais bien m'asseoir moi aussi pour manger des pâtisseries, mais vos comptoirs sont vides. »

– Madame ! Non, non, pas de madame avec moi. Mon nom, c'est Marie-Louise. C'est certain à cette heure-ci, y reste plus grand-chose, mais vous êtes chanceux comme des quêteux, j'ai des galettes à la confiture que je viens de sortir du four pour une commande, j'peux vous en r'filer une couple.

– Mais là, Marie-Louise... on veut pas prendre les galettes réservées pour du monde.

– Y'a pas d'trouble, André, j'en ai fait une grosse batch... tant qu'à en faire ! La douzaine commandée est déjà de côté pis j'attendais juste que les autres refrêdissent un brin pour les am'ner à l'avant.

– Ok d'abord, mais commence par nous réserver un pain blanc, on va manger du homard à soir, et j'ai dit que j'm'occupais du pain. Pis pour sûr, j'te prendrais bien un café. Pis même, j'vais faire changement à mes habitudes... j'vais accompagner Léo en prenant une galette moi itou.

Tout le temps qu'on a été assis, Marie-Louise nous a parlé en posant des questions à Léo. Les seuls moments où elle s'arrêtait, c'est quand un client entrait pour acheter quelque chose. Assez vite, ses derniers pains ont disparu mais le mien était de côté. Le petit Léo semblait à l'aise comme s'il avait toujours connu la place. Faut dire, Marie-Louise le fournissait en galettes, c'est seulement après la quatrième que j'ai pensé à mettre le holà !

De retour chez nous, Léo pis moi, on a décidé de préparer la table dehors pour le souper. J'avais des nappes mais elles étaient pas assez longues pour tout couvrir. On en a mis trois pis on les a fait tenir en mettant de grosses roches. Pendant que Léo les nettoyait bien comme il faut pour pas qu'on se fasse chicaner par les femmes, je me suis rendu voir Louis à Edmond pour lui emprunter une extension. Je voulais sortir une lampe pour éclairer la table, le vent soufflant trop pour y mettre des chandelles. On a mis des chaises tout autour pis comme on plaçait les assiettes, Pierre à Charles est arrivé avec la petite Mireille et tout l'attirail pour cuire le homard. Léo a fini de préparer la table en se faisant aider, pis nuire presqu'autant par Mireille. Après, ils sont allés jouer sur le bord de l'eau en attendant le souper. Moi, j'ai allumé une cigarette pis j'ai regardé Pierre à Charles installer son brûleur sur la galerie. Marie était restée toute seule avec la mère de Pierre et je me disais que lui et Marie, ça semblait du sérieux, mais j'avais pas envie de le questionner trop trop. Pas en tout cas tant que Marie serait sur les Îles. Je voulais pas lui faire penser à après leur départ, à l'ennui pis au reste. Je voulais qu'il profite, pis je voulais faire pareil à lui.

C'était pas facile de trouver un bon spot pour le brûleur. Il a même dû retourner à son truck pour patenter un abri avec un grand bout de bois et en utilisant les murs de la maison pour se cacher du vent. Quand il a finalement été prêt, il a rempli un gros chaudron qu'il avait apporté itou, pis il a parti le feu. J'étais en charge de le surveiller et de le baisser si jamais l'eau commençait à bouillir avant qu'il revienne.

Une fois Pierre à Charles reparti chercher sa mère et Marie, je suis resté tout fin seul sur la galerie. Pour sûr, il y avait encore des choses à faire pour le souper, mais je voulais pas grouiller. J'avais bien l'envie de boire un thé du Labrador... encore là, l'envie de pas grouiller était plus forte. L'idée d'écouter la cassette de Rita m'a effleuré itou... Assis dans la berceuse, je voyais les enfants au bout de la dune, à s'amuser. Je les entendais même rire si le vent soufflait du bon bord. Sinon, il y avait juste le bruit du vent autour de moi. Le bruit du vent dans les herbages pis autour de la table. Les bouts de la nappe se faisaient aller, et le vent amenait des bruits nouveaux en passant sur toutes les choses qu'étaient dehors, pis qu'y l'étaient pas de coutume. J'aimais à être là, à juste écouter. D'entendre la musique du vent, différente à l'habitude, m'amenait à jongler à comment les choses avaient changé ici depuis quasiment deux semaines. Je suis pas du genre à me morfondre à l'avance. Je suis assez bon pour penser à ce qui se passe quand ça se passe. Pis là, même si personne de ma gang était au proche, mis à part les enfants sur la dune, c'était comme s'ils étaient partout dans l'air. Comme si le vent me parlait d'eux autres en brassant les choses autour de la maison. J'étais comme ensorcelé. Pis c'était bien plaisant.

Je me suis finalement fait sortir de mes jongleries par les enfants. Mireille avait faim pis j'ai envoyé Léo lui chercher une pomme dans la maison. En ressortant, Léo m'a demandé qu'est-ce qui cuisait dans le gros chaudron, et c'est là que j'ai réalisé que l'eau bouillait en tabarouette et qu'il était temps que je baisse le feu si je voulais qu'il reste un brin de gaz pour cuire le homard et assez d'eau itou. Le truck de Pierre à Charles a fait son entrée dans la cour pas longtemps après et j'ai pas eu à me tracasser les méninges pour trouver des occupations aux enfants.

Ils arrivaient chargés toute la gang, Pierre à Charles avec le homard, Marie une tarte dans chaque main, et la mère, les bras pleins de petits pains au lait qui allaient envoyer le pain de Marie-Louise aux oubliettes. Je me suis levé pour les accueillir pis pour les décharger itou. Et ensuite, j'ai fait faire le tour de la maison à la mère de Pierre. Pour dire, c'est vrai que c'était bizarre de voir sa mère dans ma maison. Depuis longtemps, je m'étais pas senti gêné de même. Comme un nudiste sur un boute de plage où tout le monde est habillé, je crois bien. Surtout qu'elle regardait autour d'elle, la bouche ouverte, sans dire mot. Trop étonnée pour être en mesure de parler. Le plus fameux, c'est quand elle a vu la salle de bains du haut, elle a écarquillé les yeux mais encore là, sans rien dire. C'est moi qui m'ai mis à parler tellement j'étais mal à l'aise.

– Ici, si c'é beau d'même, c'é grâce à votre garçon. Le bas des murs est fait avec les planches d'un meuble que

Pierre a fait pis y'avait des restant de deux pieds, c'é lui qu'a eu l'idée. Le châssis itou c'é lui qui l'a fait pour remplacer l'autre qu'était pourri. Pis le bain sur pattes, je l'ai trouvé dans le parc à vaches chez Edmond mais les pattes étaient toutes cossies[33], pis y'a fallu en faire venir d'en dehors. Le meuble du lavabo, c'é encore Pierre. Pour sûr, un bois solide, j'pense qu'y m'a dit que c'était de l'acajou... Y travaille bien en pas pour rire, votre garçon.

Elle m'a regardé de façon bizarre. C'est seulement quand Léo est venu nous dire de descendre pour souper qu'elle s'est finalement décidée à parler : « Et les beaux petits animaux en bois, c'est toi qui les a faits ? »

– C'é moi, mais pour sûr, c'é Pierre qui m'a expliqué comment...

– C'est vraiment beau... T'es vraiment habile.

Elle avait l'air à tellement aimer mes petits animaux qu'une fois en bas, avant de sortir rejoindre les autre, j'ai ouvert le tiroir où je garde ceux qui sont finis, pis je lui ai dit de s'en choisir un. Elle m'a regardé direct dans les yeux, comme ça arrive jamais avec le monde, pour dire.

– Normalement, André, je me ferais prêcher avant d'accepter... c'est un magnifique cadeau. Mais là, j'ai pas envie de faire semblant... je vais prendre ton cadeau sans faire de simagrées. J'te remercie du fond du cœur, on m'a rarement donné quelque chose qui me fasse autant plaisir.

J'ai rien répondu. Y'avait rien à répondre. Et encore heureux qu'il fallait aller rejoindre les autres pour manger. La gêne m'était revenue de voir la mère tant touchée par mon cadeau. J'aurais été bien incapable de dire quelque chose même si j'avais voulu. Pis j'étais content

33. Cossies : pourries, ou tordues par le temps.

qu'à la table, on soit placés chacun à un bout. J'allais pouvoir retrouver mon aplomb.

Un mautadit beau souper. Du homard, contrairement à bien du monde de par ici, moi, c'est pas si souvent que j'en mange, pis à chaque fois, je suis bien content. Les tartes aux bleuets, pour sûr elles étaient bonnes, même si c'est trop doux pour moi. J'aimais à regarder toute la gang en manger, les enfants surtout. Les nappes s'en venaient bleues à la grandeur, les lèvres pis les mains itou. Les tartes sentaient bon. Je buvais mon café en les regardant toute la gang. Heureux en diable. Me tracassant pas pantoute à l'idée de dormir ou pas cette nuit. C'est ce moment-là que la Jeune a choisi pour se pointer le bout du nez. Depuis une bonne escousse qu'on l'avait pas vue, ça faisait plaisir de la voir arriver sans s'y attendre ni rien. Elle a fait le tour de la table en embrassant tout le monde pis après, elle est venue s'asseoir à côté de moi. Léo pis Marie lui ont apporté une tasse et une assiette, et elle a pris la plus grosse pointe de tarte de la soirée, en finissant le café itou. Comme j'allais me lever pour refaire une machine, Pierre m'a dit de rester avec ma visite, qu'il allait s'en occuper. Je me sentais comme un roi au bout de ma table, rien à faire que de profiter de la vie. Pendant qu'on parlait moi pis la Jeune, la table s'est vidée. Autant de son monde que de sa vaisselle et de sa mangeaille. J'imagine que Marie devait préparer les enfants pour la nuit et que Pierre pis sa mère devaient laver la vaisselle. J'aurais peut-être dû me lever pour aider, mais j'étais bien, assis à la table avec la Jeune. Surtout maintenant que ce qu'on avait à se dire était dit et qu'on pouvait rester dans le silence. Le silence du soir est différent de celui du matin.

Moins beau, pour sûr, mais s'il y a de quoi, plus reposant par exemple.

Les enfants sont venus donner des becs et souhaiter la bonne nuit. La Jeune est partie juste après, en ramenant la mère à Pierre à sa maison sur son chemin vers La Grave. Marie et Pierre sont allés marcher un brin sur la grève et moi, je suis monté voir les enfants et continuer mon histoire. J'étais descendu depuis une escousse quand Marie est venue s'informer si c'était correct pour moi de garder les enfants pis elle est partie avec Pierre. Pierre voulait m'aider à démonter la table mais je lui ai dit de laisser faire, et de profiter de sa soirée. Normalement, je serais allé me coucher, pourtant, j'avais pas envie de grouiller. Une journée où je voulais faire durer chaque affaire. Peut-être bien pour que le souvenir m'en reste plus longtemps, je sais pas trop. Toujours est-il que je suis resté assis au bout de la table. Toutes les autres chaises étaient rentrées, il restait seulement la mienne.

Quand je me suis finalement décidé à bouger, je me suis déchaussé, pis au lieu de me débarbouiller dans le lavabo de la cuisine, je suis monté dans la salle de bains du haut. J'ai pris une débarbouillette et du savon pis je me suis lavé bien comme il faut pour faire partir l'odeur du homard. Je faisais chaque chose tranquillement, en regardant autour de moi. On aurait dit que je voulais respirer les odeurs de la maison pendant que les enfants y étaient encore. Une fois propre, je suis entré dans la chambre des enfants. La première fois pendant qu'ils dormaient. J'aurais dû le faire bien avant... C'est beau à voir en pas pour rire, ces deux bouts-là qui dorment. Pis tout d'un coup, j'ai remarqué que tous les deux, ils dormaient en tenant un petit oiseau de bois dans leur main. Je suis resté figé là. C'était chamboulant en tabarouette. Pis j'ai fini par ouvrir le châssis, et l'air du dehors a réussi à me sortir de ma torpeur. J'ai pu descendre me coucher. Et contrairement à mon attente, je me suis endormi sitôt la tête sur l'oreiller.

Au matin, Léo a été plus vite que moi. J'ai entendu ses petits pas avant même de sortir du lit. Je me suis dépêché autant que je le pouvais mais à mon arrivée, Léo était quand même assis à la table.

– Mais Léo, aujourd'hui, c'é dimanche, on sort jamais en pêche le dimanche... J'm'excuse, j'ai même pas pensé à te l'dire... De toute manière, comme on l'a dit hier, y vente trop pour sortir sur l'eau...

Léo m'a regardé avec de grands yeux tristes. Y disait pas un mot. Comme si les larmes se tenaient prêtes à couler au cas où il ouvrirait la bouche.

– Inquiète-toi pas... le vent va faiblir, pis demain, on va aller en pêche tous les deux. Veux-tu aller te r'coucher ou bien donc j'te fais à déjeuner pis après, on va marcher ensemble ?

« Je veux pas retourner me coucher... », qu'il a dit pas bien fort. J'en ai déduit qu'il allait déjeuner avec moi pis j'ai fait tout pareil aux autres matins. Pendant ce temps-là, je lui ai demandé si y serait bon pour écrire un message à sa mère. Y dire de pas s'inquiéter, qu'on partait marcher. Pour sûr, vu que j'avais les mains occupées par la cuisine, ça me rendrait service !

Je l'ai amené en bas du cap, du côté du Havre-aux-Basques. On marchait dans les roches où il y a pas mal de bourlicocos [34]. D'habitude, les enfants aiment à les chercher. J'avais prévu d'apporter un sac de plastique au cas, pis comme de fait, Léo était bien occupé par sa chasse aux trésors. Un brin plus loin, la dune commence, et là, c'est des dollars de sable que Léo s'est mis en demeure de ramasser. On a traînassé comme ça pas mal toute la matinée. C'était bizarre de marcher ensemble, juste tous les deux. Au début, on aurait dit qu'on en était gênés, pis par après, on s'est habitués un à l'autre. Je crois bien qu'on aurait pu y passer la journée. En tous les cas, on était attendus à notre arrivée. Marie voulait partir pour la journée à la plage de Old Harry pis la Jeune était arrivée pour les amener. Leur lunch était prêt et il manquait juste Léo. Ils m'ont dit de pas les attendre pour souper. Ils allaient manger à un restaurant de l'autre bord.

Une fois qu'ils ont été partis, j'ai sorti de l'anguille du congélateur. De l'anguille rôtie, c'est dur à battre. Demain, ça va être leur dernier soir et je me disais que ce serait peut-être un mets nouveau pour eux. Je me suis rendu sur La Grave. Comme le vent avait calmi, tout le monde était à la plage et y restait personne pour la musique. Je suis revenu chez nous et j'ai soupé de bonne heure. Assis tout seul à la grande table dehors, et tourné face au large. Pis tout le long de la soirée, j'ai écouté la cassette de Rita. D'un bord et de l'autre, pis autant comme autant.

Les enfants dormaient dans l'auto à leur arrivée. C'est moi qui les ai portés dans leur chambre. La petite Mireille en premier. Pis pendant que Marie la déshabillait

---

34. Bourlicoco : coquille vide du buccin commun, parfois désigné sous le nom d'escargot de mer, de bigorneau ou de bourgot.

un brin sans la réveiller, j'ai monté Léo. Les femmes ont continué à jaser sur la galerie mais moi, je suis allé dormir. Depuis déjà un grand boute que j'attendais après eux pour m'en aller me coucher...

Au matin, Léo m'attendait à la table avec ses grands yeux tristes.

– C'est notre dernière journée, et notre dernière fois pour la pêche...

– Mais sois pas triste de même, mon Léo. Tu vas faire un beau voyage pour r'tourner chez vous pis j'suis certain que tu vas être content de voir ton grand-père itou. Tu dois t'ennuyer de ton grand-père Antoine ?

– Non, je n'y ai pas pensé depuis que je suis ici... C'est vrai que je vais être content de le revoir.

– Pis moi, j'vais être ici à t'attendre l'année prochain, crains pas !

Il a rien répondu, mais le sourire était toujours pas revenu sur son visage. Et j'étais pas trop content de voir ça.

– Écoute, Léo, y faut pas que tu penses toujours à l'après. Là, on va aller en pêche tous les deux, pis ça va être bien plaisant. Si tu t'mets pas un sourire dans la face, de retour chez vous, tu vas r'gretter de pas avoir plus profité de ta dernière journée aux Îles. Enwaye, j'veux un beau sourire, pis j'veux que tu l'gardes toute la journée à part ça. Ok ?

J'ai parlé moitié riant, moitié de mauvaise humeur, pis ça a marché. Léo m'a souri et il a gardé son sourire accroché à ses joues. Des fois, faut s'aider un brin dans la vie. Pis faut y faire confiance itou, à c'te vie-là...

Notre pêche a pas été des plus fameuses. La mer avait trop brassé les derniers jours pour que mes filets contiennent bien du poisson. Je m'y attendais, normalement je serais pas sorti, mais là, pour sûr, c'était plus pour être sur l'eau avec Léo, un dernier matin, que pour ramener du poisson. On a fait tous les détours possibles et imaginables avant de revenir à terre. On s'est attardés longtemps autour du goulet, mon meilleur spot. Je me suis dit que peut-être Léo pourrait en garder souvenir et y jongler durant l'hiver. J'en ai profité pour arranger mon peu de maquereaux pendant qu'on était là. Et on s'est amusés à lancer les têtes aux goélands. Ils sont tellement habiles, à tout coup, ils réussissent à les attraper au vol. Léo riait comme un petit fou, pis moi itou, de le voir tant rire. C'est bien d'adon d'arranger les poissons sur l'eau, après quand t'arrives, les poissons sont propres, rincés, et prêts à manger.

Juste avant d'arriver à la côte, j'ai vu Louis à Edmond sortir de chez eux. Comme de coutume, Mireille est venue nous trouver du moment qu'on a mis pied à terre. J'ai laissé les poissons dans le doré, en attendant, pis j'ai dit aux enfants que je les amenais voir quelqu'un. C'est juste à côté, la maison à Edmond, pas besoin de prévenir Marie, elle pourrait nous voir si elle nous cherchait. Louis à Edmond était assis à sa place habituelle à boire un café. Je me suis dépêché à parler en arrivant, je le voyais aussi gêné que les enfants pis je voulais les aider un brin tous les trois.

— Les enfants, j'vous présente Louis. Louis, c'était le meilleur ami de votre grand-mère Julie, quand elle vivait aux Îles. Lui, c'est Léo et elle, c'est Mireille.

Les enfants ont serré la main de Louis, Léo en premier pis ensuite Mireille, en riant. Louis parlant toujours pas, j'ai été obligé de continuer.

– Y prennent le bateau demain pour s'en r'tourner, c'est pour ça que j'voulais que tu les rencontres avant qu'y partent. Mais y vont revenir l'année prochaine pis j'en suis bien content... Pourquoi que tu viendrais pas prendre un café à la maison en fin d'après-midi ? Tu pourrais rencontrer leur mère itou. Marie est bien fine, tu vas voir.

– Je l'ai rencontrée, Marie... avant-hier... avec Pierre à Charles.... y m'ont déjà invité. Apparence que Pierre à Charles va jouer du violon chez vous en début de soirée... J'ai dit que j'irais quand j'entendrais d'la musique.» J'aurais voulu parler mais j'étais trop surpris, et Léo m'a devancé : « Pierre joue du violon ?» Encore là, je voulais répondre mais Louis a été plus vite.

– Pour sûr qu'y joue du violon. Un bon violoneux à part de ça. Pis y tape du pied, pis y raconte des histoires itou.

La conversation s'est arrêtée là, mais ma job était faite. Comme ils allaient se revoir un peu plus tard dans l'après-midi, on est retournés chez nous. Marie nous attendait. Elle voulait aller faire un tour à leur plage habituelle, au bout du banc [35], pour leur dernière journée aux Îles. Léo était dû pour faire un somme, mais il pouvait pas manquer ça, et il a suivi. Moi, j'en ai profité pour me couler un bain et j'ai trempé là durant peut-être une heure en faisant rien d'autre que de sentir les bonnes odeurs. Des fois, j'ouvrais les yeux pis je regardais autour. Les affaires des enfants étaient pas encore ramassées pour le départ et je pouvais profiter de leur vue.

---

35. Le bout du banc : plage à la pointe est de l'île de Havre-Aubert. Aussi appelé : Sandy Hook, ou plage de l'aéroport, ou l'atterrissage.

J'ai sorti de la baignoire en entendant Pierre à Charles entrer dans la maison et demander s'il y avait quelqu'un. Pierre avait laissé Marie et les enfants à la plage en leur disant qu'il viendrait les reprendre deux heures après, pis là, il en profitait pour préparer sa surprise. Je me doutais bien qu'il tramait quelque chose depuis un bout... Un beau coffre en bois qu'il leur avait fait. Un coffre de pirate, on aurait dit. Il avait gravé des vagues sur tous les côtés pis un voilier sur le dessus. Pis pour sûr, pas une seule vis pour l'assembler.

– Si tu veux, j'ai pensé que tu pourrais leur mettre une couple de petits animaux dans le coffre avec les affaires que j'ai déjà mis.

Pis là, il a ouvert le coffre. Au fond, il y avait une couche de sable pis par-dessus, des étoiles de mer, des dollars de sable et une couple de bourlicocos. C'était beau, mais là, je me suis mis à penser qu'avec tout le voyagement qu'ils avaient à faire, une fois chez eux, le sable allait avoir tout recouvert. Pour sûr, Pierre y avait pensé lui aussi.

– J'ai apporté du papier avec moi pour tout recouvrir pis serrer le plus possible mais c'est certain que ça risque de se déplacer durant le voyage, surtout dans la soute de l'avion. Je me dis qu'ils pourront replacer les choses une fois chez eux pis là, c'est juste pour faire beau quand je vais leur montrer. Pis d'une année à l'autre, ils vont pouvoir ramener des souvenirs des Îles à rajouter dans leur coffre.

– C'est une mautadite bonne idée. On pourrait leur montrer le coffre pis après, rajouter tous les petits animaux que j'ai dans la maison pour qu'il puissent les mettre dans leur maison en Corse. Moi, je vais avoir tout mon temps c't'hiver pour en faire d'autres.

On a mis le coffre bien en évidence au milieu de la table et il m'a aidé à décrocher les petits animaux dans toutes les parties de la maison. C'est certain que ça faisait des vides. Mais pour dire, je trouvais ces vides-là encourageants. Je me disais que les vides allaient me pousser à faire d'autres sculptures au plus vite, en me gardant occupé.

Pierre a fait du café et on s'est installés dehors sur le perron. Je lui ai dit qu'on pourrait faire rôtir des anguilles sur son barbecue pour le souper pis que je ferais cuire des patates pis chauffer des pots de légumes. Rien de bien compliqué. Marie pourrait faire ses bagages, et Pierre jouer du violon, sans grosse tambouille à préparer par personne. On n'est pas restés arrêtés longtemps, Pierre est parti pour la plage pis moi, j'ai apporté les patates pour faire mon épluchage au dehors. J'ai préparé les anguilles à l'avance itou, en les roulant dans de la farine pis du sel, et j'ai amené des pots de légumes de ma réserve. Après, je me suis dit qu'un bon pain serait pas de refus pis peut-être bien un dessert itou, pour les enfants. Et je suis parti voir Marie-Louise.

Au beau milieu de l'après-midi, la boulangerie était vide de monde. Pis Marie-Louise, même si elle était occupée à lire un livre, elle a dû arrêter sa lecture pour s'occuper de moi. Elle voyait bien que je venais pour acheter et pas seulement en voisinage. Je me suis pas assis ni rien, j'ai juste fait d'acheter mes affaires.

J'avais bien fait de pas trop tarder chez Marie-Louise, la Jeune est arrivée quasiment en même temps que moi.

Elle allait laisser son auto et Marie pourrait y mettre ses bagages.

– Je pensais accrocher mon hamac sur ta galerie. Comme ça, j'aurai pas besoin de retourner dormir chez Sylvie et de me lever trop de bonne heure pour le bateau. C'est correct?

– Oué, oué, c'é sûr. Est-ce que tu vas venir souper avec nous autres?

– Non, j'ai un billet pour le spectacle au Vieux Treuil. J'y vais avec des amis et après, on va prendre une bière sur La Grave. J'pense pas dormir beaucoup cette nuit, j'dormirai sur le bateau pendant la traversée.

Elle a sorti son hamac et elle l'a accroché, avec un oreiller pis une couverte dedans, en mettant les deux bouts sur le même crochet. De même, on pourrait encore passer sur la galerie pis elle, en venant se coucher, elle aurait juste à l'ouvrir à la nuit. Elle est pas restée pantoute, elle voulait en profiter pour saluer sa mère. Je l'ai accompagnée en direction de chez eux. Dans le champ qui sépare nos deux maisons, il y a bien des marguerites et j'en ai cueillies pour ma visite.

Quand ils sont revenus, mes patates étaient cuites, j'avais mis un bouquet sur la table à côté du coffre et un autre sur la table de dehors, avec une grosse roche au fond du pot rapport au vent. Et j'étais assis sur la galerie à les attendre, tout en fumant une cigarette. En descendant du truck, Pierre à Charles a ajusté son violon pis y s'est mis à jouer tout en s'en venant vers la maison. En même temps, il racontait l'histoire du cadeau qui les attendait. Les enfants et Marie ont embarqué dans le jeu et ils l'ont suivi en riant pis en dansant, c'était drôle à voir. Ils ont fait le tour de la maison pour rentrer par en arrière et je les ai suivis. Ils étaient contents, certain. C'était des oh ! pis des ha ! pis des embrassades à plus finir. Ils ont transvidé le sable dans un sac en plastique. Et Marie a chargé Léo d'emballer les affaires dans du papier et de les caler à l'intérieur du coffre. Pis elle est montée faire les bagages. Pierre à Charles s'est installé dans la cour en disant qu'il allait attirer la visite avec son violon. L'idée était bonne, déjà je voyais Louis à Edmond qui s'en venait vers chez nous. Louis s'est aligné vers la grande table, le plus loin possible de la maison. Comme à son habitude, y voulait observer sans être trop mêlé au monde. Je pensais en moi-même qu'il était quand même spécial, Louis à Edmond… Tout le temps à penser à sa vieille amie Julie, pis là, maintenant que sa fille se trouvait sur les Îles avec ses enfants, il avait quasiment pas approché d'eux. J'avais dans l'idée que ça allait lui prendre du temps à se dégêner. Je me disais itou que c'était de valeur pour Marie, elle avait pas entendu parler de sa mère en toute. À moins qu'elle ait jasé avec le voisinage sans que j'en aie eu connaissance. Une chance en tout cas que ma visite allait revenir d'une année à l'autre. Louis à Edmond allait finir par se rapprocher, mais bien tranquillement, pour sûr. Du moins à soir, il était là, et c'était un début. Même si c'était itou la fin des vacances de ma visite.

Quand Léo a eu fini son ouvrage, il est venu s'asseoir avec moi sur la galerie. Il regardait Pierre jouer, sérieux comme un pape. Je lui ai fait une grimace pour qu'y replace un sourire sur sa face et il s'est mis à rire. Je lui ai dit comment j'aimais le violon pis que s'il avait le goût de jouer, ce serait bien plaisant. Il m'a répondu que le violon de Pierre était d'une autre sorte que le sien, et il savait pas trop le résultat à en attendre. Comme il était quand même d'accord à essayer, j'ai fait signe à Pierre à la fin de son morceau, et il a tendu son violon à Léo. Léo a pris une bonne escousse avant de jouer pour vrai. Au début, il a changé d'un bout à l'autre la façon dont le violon de Pierre était accordé. Un grichage pas trop plaisant pour les oreilles. Pis même après que le violon soit rendu accordé à son goût, c'était pas encore gagné. On aurait dit qu'il fallait qu'y teste comment le violon jouait de toutes les manières possibles et imaginables. Il a finalement levé les yeux pour me dire qu'il était prêt à jouer. J'ai vu que Marie était descendue sans faire de bruit pis qu'elle écoutait, encadrée dans la porte. J'ai été surpris de voir arriver ma voisine Françoise. Elle était au coin de ma maison pis elle s'était arrêtée là, accotée au mur. Même si elle m'a fait signe de pas grouiller, je me suis levé et je l'ai aidée à monter sur le perron pis je lui ai donné une chaise. À quatre-vingts ans passés, elle qui sort jamais de chez eux, elle mérite bien de s'asseoir. J'étais content de la voir là, même si je me sentais un peu coupable de pas être allé faire mon tour chez eux depuis un sacré long bout. En les voyant se saluer, elle pis Marie, j'ai bien vu qu'elles s'étaient déjà rencontrées avant. Ce qui voulait dire que Marie, finalement, elle avait sûrement entendu parler de sa mère un brin. Pis elle avait lu les cartes postales itou. Et pour sûr, avant qu'elle parte, j'y donnerai le paquet de lettres pour qu'a les emporte avec elle.

La musique, c'est comme un appât. Des maisons alentour, je voyais d'autre monde se rapprocher pour écouter la musique. Mais là, j'allais pas me lever pour leur donner une chaise à tout un chacun. Ils allaient être obligés de rester debout ou de s'organiser. D'autant que le petit Léo s'était mis à jouer.

Au début, Léo jouait juste des airs sans finir les morceaux. Il a pris une bonne escousse avant de jouer un morceau d'un bout à l'autre. Mais c'était beau à entendre de toute façon. Et je me trouvais vraiment chanceux d'avoir un musicien dans ma famille. Le dernier morceau qu'il a joué, c'était une musique entraînante pis le monde s'est mis à taper des mains. Moi, j'étais pas sûr d'aimer ce tapage-là, mais comme Léo ça le faisait sourire, j'avais rien à en redire. Quand il a fini, il a fait le clown, se penchant d'un bord pis de l'autre en saluant jusqu'à terre pis pour sûr, le monde ont applaudi en riant. Et il a rapporté le violon à Pierre. C'est juste à ce moment-là que j'ai vu la mère de Louis à Edmond, elle s'était assise au pied de la galerie et elle applaudissait elle itou. Tout le voisinage était rendu autour de ma maison. Pis des touristes itou, qui ont des maisons sur la Pointe. Quand Pierre à Charles a eu fini de réaccorder son violon pis qu'y s'est mis à jouer ses airs, le monde ont gigué pis tapé des mains, c'était de la musique faite pour ça. Une musique qui rend joyeux et qui donne des fourmis dans les jambes. J'ai donné ma chaise à la mère de Louis à Edmond. Même si c'est une vraie force de la nature, y faut pas exagérer... Elle est encore plus vieille que ma voisine Françoise, elle est en âge d'avoir une chaise. Les deux plus vieilles du boute étaient maintenant bien installées pour écouter la musique à la petite table de ma galerie. Pis je suis rentré dans la maison.

Marie avait fini les bagages et je voulais pas oublier de lui donner les lettres. En les voyant, elle s'est jetée dans mes bras et j'ai pas eu le loisir de parler. Elle arrêtait pas de rire pis de pleurer en même temps. Après un bout, elle a réussi à prendre sur elle et moi, j'ai pu lui dire ma pensée.

– J'trouve que ces lettres-là, y te r'viennent. Moi, anyway, j'ai les enregistrements. De même, Antoine pourra les lire lui itou. Mais les cartes postales par exemple, j'aimerais à les garder ici... J'aimerais à les r'garder de temps en temps...

Pour la lettre de Julie écrite à Louis à Edmond, j'ai rien dit. Je pensais pas que Louis serait prêt, pis j'étais pas certain non plus si Marie était prête à la lire. Pis il y avait bien d'autres années à venir pour s'en occuper. Marie était d'accord à ce que je garde les cartes postales. Elle a dit que c'était ici leur place. Pis elle a rajouté les lettres à sa valise et je l'ai aidée à placer tous les bagages dans la voiture de la Jeune. Par après, j'ai fait bouillir de l'eau pour le thé, et j'ai fait le bonheur des vieilles assises sur ma galerie. Et il était pas encore six heures que Marie-Louise arrivait avec des petits pains chauds. Pour sûr, elle avait écourté un brin sa journée pour s'en venir nous rejoindre. Marie-Louise, elle aime tellement quand il se passe quelque chose, elle était pas pour le manquer pour vendre une couple de pains de plus. Pis ses petits pains ont été les bienvenus pour aider à attendre le souper.

On peut dire que le party était pogné pour vrai... En plus de Pierre à Charles qui faisait chauffer son violon, un jeune d'en dehors était allé chercher sa guitare pis y suivait Pierre dans toutes ses folies. Pis il y avait pas mal de monde pour danser autour d'eux autres, Mireille la première. Mais le plus beau à voir, c'est quand Marie s'est mise à jouer avec deux petites pièces de bois, une dans chaque main. Après j'ai appris que ça s'appelle des castagnettes. En même temps qu'a jouait, elle faisait des drôles de sons. Pierre a changé sa façon de jouer pour que ça aille bien ensemble, pis là, je dois dire, ça ressemblait à rien par rapport à la musique que j'étais habitué d'entendre dans les veillées. Plusieurs femmes se sont mises à danser de la manière à Marie, même Marie-Louise est allée se trémousser elle itou. Pour sûr, les vieilles pis moi, on est restés bien tranquilles sur la galerie, à regarder. Mireille s'est bien essayée à venir me chercher pis Léo itou, même Marie a tenté sa chance, mais j'étais trop bien à regarder ça pour en manquer des bouts en m'en mêlant. C'était un beau tableau, il était pas question de l'enlaidir en m'y faisant paraître.

Dans le courant de la soirée, Marie-Louise s'est chargée de cuire les anguilles sur le barbecue pis on s'est assis à la grande table, elle, moi pis les enfants, pis on a soupé là. Marie a mangé debout, un morceau d'anguille dans une main pis un verre de vin dans l'autre. Pierre à Charles, lui, il a soupé quand il a pris une pause. Il est venu s'asseoir à la table et il a pris son temps. Pierre, il aime à bien regarder les choses pour les garder dans sa tête par après. La musique s'était pas arrêtée pour autant. À ce moment-là de la soirée, on était rendus avec deux guitares, un autre violon, un petit tambour, pis un autre instrument assez bizarre. Pas grand monde connaissait ça, mais j'ai fini par apprendre que ça s'appelle une mandoline. C'est certain par exemple, quand Pierre à Charles est retourné jouer, c'est devenu encore plus fou, c'était lui le boute-en-train de la soirée.

À un moment donné, la noirceur était tombée depuis belle lurette et on n'avait plus le choix de coucher les enfants. Léo, ses jambes le supportaient plus. Pis Mireille dansait encore, mais c'était facile à voir que c'était juste du nerf, elle était due pour dormir. On a fait transférer tout le monde qui voulait continuer la soirée vers chez Françoise. Chez Françoise, c'est un endroit de party, elle est habituée. J'ai donné le bras à la mère à Louis à Edmond pour la reconduire chez elle. Pendant ce temps-là, Marie a mis les enfants au lit pis tout le restant du monde s'est traîné d'un bord pis de l'autre. Quand j'ai été de retour à la maison, plus personne était là, hormis Marie-Louise qu'était en train de ramasser au dehors.

– Laisse faire ça, Marie-Louise, j'aurai tout mon temps de m'en occuper demain...

– Oh, c'é pas bien plaisant, au matin, de voir tout à l'envers de même. Mais j'ai fini, là, j'm'en vais r'trouver le monde chez Françoise...

– Merci en tout cas, Marie-Louise, pis bonne nuit.

En entrant, Marie était déjà redescendue et elle m'a dit que les enfants dormaient. J'avais eu espoir d'avoir le temps d'aller leur souhaiter la bonne nuit, mais le sort en avait décidé autrement. Pierre avait transféré de maison et j'ai dit à Marie d'aller s'amuser chez Françoise, que j'allais rester avec les enfants. Marie était pas mal pompette pis elle était drôle à voir, elle riait pour rien. Elle m'a fait deux gros becs sur les joues pis elle m'a dit que j'étais un ange.

– Tabarouette! Pour sûr, c'é la première fois que j'me fais dire ça. Un ange... me semble... j'ai pas la face qu'y faut pantoute!

Marie, elle a ri encore, elle m'a redonné deux autres becs pis elle m'a dit que j'avais le cœur qu'y fallait. Que c'était ça le plus important. Heureusement, elle l'a dit en passant la porte parce que moi, j'en avais les larmes aux yeux.

J'ai fait la vaisselle et après, j'ai passé un linge partout au dehors, sur la galerie pis sur la grande table. Ce que Marie-Louise avait dit m'avait fait réfléchir. Je voulais que ce soit beau au matin, pour le déjeuner. Je voulais que leur dernier regard sur la maison leur donne envie de revenir l'an prochain. Qu'ils en gardent une belle image. Quand tout a été rendu à mon goût, je suis monté voir dormir les enfants. La première chose en entrant, j'ai ouvert le châssis. Les enfants avaient eu trop chaud et leurs couvertes s'étaient retrouvées par terre. Je les ai rabrillés comme il faut et je les ai regardés dormir une escousse. La chambre me semblait vide sans les petits animaux et sans les affaires des enfants. Je suis pas resté trop longtemps, je voulais pas devenir triste avec ma visite encore là.

Au matin, le premier à descendre a été Léo. J'avais déjà eu le temps de prendre une tasse de café et je me suis mis en demeure de nous faire à déjeuner. Léo s'inquiétait à savoir s'il devait réveiller sa mère. Malgré la fête de la veille, Léo s'était levé à la même heure que de coutume, dans les cinq heures, un brin tôt pour réveiller la gang, même le matin du départ. J'ai été bien surpris de voir descendre Pierre à Charles en deuxième. Il devait pas être couché depuis long. Il a jeté un œil du côté de Léo mais Léo faisait cas de rien. Je pensais en moi-même que Pierre s'était sûrement levé de bonne heure en pensant être le premier, pour pas que Léo sache qu'il avait dormi là. Pour sûr, son plan était tombé à l'eau. Il a juste pris un café, apparence qu'il avait pas faim.

– C'é-tu parce que t'as trop bu hier soir ? J'pensais que c'était le contraire, qu'y fallait manger après pour se remettre le cœur d'aplomb.

– J'ai pas bu en toute hier soir ! C'é toujours pareil quand j'joue du violon, j'suis le gars le plus sobre à la fin des veillées. Non, non, si j'te dis que j'ai pas faim, c'é que c'é de même. Le matin, ça me prend une bonne escousse avant que la faim me vienne. Des fois, ça va jusqu'au milieu de l'avant-midi avant que je prenne ma première bouchée.

– Tu ne pourrais pas aller à la pêche comme moi et André, a dit Léo. Pour la pêche, il faut prendre un gros déjeuner avant de partir.

– T'as raison pour sûr. Mon père faisait la pêche et mon frère est pêcheur lui itou. Mais moi, j'ai jamais aimé à sortir en pêche. Des fois, j'avais pas le choix d'y aller mais j'étais tout l'temps malade... Et j'étais pas utile à grand-chose, finalement.

– Moi, j'adore la pêche et je suis utile. J'ai déjà hâte à l'année prochaine pour y retourner avec mon oncle André.

En disant ça, Léo m'a regardé du coin de l'œil. Comme pour me dire qu'il m'avait adopté ! Pis la Jeune est entrée. On s'est mis à rire tous les trois de la voir ébouriffée de même. Elle avait des couettes de cheveux qui partaient de tous bords, pis des yeux que c'était juste des lignes. Elle est tombée assise sur une chaise pis je me suis dépêché de lui mettre une tasse de café au devant d'elle. Elle a bu une couple de gorgées avant de lever la tête et de me faire un grand sourire. Je lui avais donné la tasse qu'elle prend tout le temps quand elle vient ici pis, pour sûr, même à moitié endormie, elle l'avait remarqué. Je faisais cuire des œufs quand on a vu des petits pieds descendre l'escalier et la petite Mireille faire son entrée. Elle itou, elle avait une drôle de frimousse avec ses tresses à moitié défaites pis son pyjama qu'elle avait mis à l'envers. Elle voulait boire un chocolat chaud et Pierre s'est levé pour lui en préparer un. Léo est sorti se promener un peu sur le bord de l'eau et Pierre est monté réveiller Marie. Une fois son frère dehors, la petite Mireille pensait juste à aller le rejoindre. J'ai fait exprès de la détourner de son idée pour laisser du temps à Léo. Pis quand elle a eu fini de manger, je l'ai envoyée se changer avant de la laisser sortir. La petite Mireille, partir ou rester, ça avait pas l'air de lui faire de différence. Elle était de bonne humeur et rieuse comme tous les autres matins. Pour Léo, c'est certain, c'était une autre paire de manches. Je savais que c'était important pour lui de bien regarder la mer avant de partir. Pour sûr, il allait la voir pendant un long bout, la mer, sur le bateau. Et une fois arrivé chez eux, il allait peut-être la voir à cœur de jour. Mais regarder la mer de la côte, d'un endroit que tu t'es pris à aimer, c'est pas pareil en toute.

Marie était maganée en pas pour rire. La Jeune a même dû lui donner des pilules contre le mal de tête. Pis ça lui a pris plusieurs bouchées de pain et des gorgées de café avant de nous parler. Mais elle avait un beau sourire sur les lèvres quand elle l'a fait.

– Quelle belle soirée ! Je me suis tellement amusée... Mon mal de tête va passer, mais je vais garder les images dans ma tête... et les notes de musique aussi.

En disant ça, elle a passé sa main sur la joue à Pierre à Charles. Pour dire, c'était la première fois que je la voyais montrer qu'elle aimait Pierre, devant nous autres. Peut-être bien parce que les enfants étaient dehors ? J'étais content de le voir en tout cas. Pierre, c'est une bonne personne, pis ça fait plaisir de le voir heureux. En plus, si ça donne une autre raison à Marie pour vouloir revenir sur les Îles... c'est pas pour me déplaire, pour sûr.

Le moment est arrivé où on avait plus le choix de partir. Marie est montée dans le truck avec Pierre, pis moi, j'ai embarqué dans l'auto de la Jeune, les enfants en arrière. Comme les femmes de la Pointe étaient dehors, la Jeune s'est rendue virer au bout du chemin pour qu'on puisse leur faire des bye-bye. La mère était sur sa galerie, et Marie-Louise a arrêté la voiture de la Jeune pour nous donner un paquet de galettes à la mélasse. La dernière qu'on a saluée, c'est Françoise, elle attendait notre passage, accotée dans le cadre de la porte de sa maison.

Au bateau, l'embarquement a commencé une couple de minutes après qu'on soit arrivés, ce qui fait que les adieux à la Jeune ont pas été des plus longs. Pour l'embarquement, les voitures montent en premier, pis le monde, y peuvent attendre la fin pour se rendre à bord à pied. Sur la route, la Jeune avait eu le temps de me dire qu'elle reviendrait pas aux Îles l'an prochain. Mais qu'elle continuerait de m'envoyer de la musique et qu'on se donnerait des nouvelles sur nos cassettes. La Jeune, une fois aux deux ans, c'est le plus souvent que je l'ai vue sur les Îles. Pis là, ça faisait deux années d'affilée qu'elle venait en visite.

Je me suis installé avec les enfants à l'écart pour regarder l'embarquement. Marie et Pierre laissés seuls, un peu en avant de nous autres. J'ai fait grimper Mireille sur mes épaules pis je tenais la main de Léo. On disait rien. Marie et Pierre devaient avoir fait leurs adieux la veille, pis s'être parlés dans l'auto en s'en venant, parce que eux itou, ils disaient pas un mot. Pis pour sûr, ça devait leur faire de la peine de se séparer.

Quand le temps est venu pour les gens à pied de monter à bord, Marie nous a fait signe pis on les a suivis jusqu'au bateau. Là non plus, pas de grands discours. On s'est donné des becs sur les joues pis Marie m'a dit que j'aurais des nouvelles d'eux autres par Pierre. J'avais envie de monter à bord jusqu'à Souris, mais ça donnait rien de retarder les affaires de même. Le petit Léo me quittait pas des yeux. Et il est venu se jeter dans mes bras une dernière fois à la fin, juste avant de monter à bord. J'ai rien trouvé à dire. Me semble, il y avait plus rien à ajouter avec des paroles à tout le beau temps qu'on avait passé ensemble. Mes yeux devaient lui dire, par exemple, comment je l'aimais, pis comment j'avais hâte de le revoir l'année prochaine.

Sur le bord du quai, Pierre et moi, on a regardé le bateau partir. Ils étaient sortis et ils nous envoyaient la main. Et on est restés plantés là jusqu'à temps de plus les voir en toute. Après, j'ai dit à Pierre que j'allais revenir à pied. Pierre, il était triste en pas pour rire. Je voyais bien qu'il avait pas envie de parler, pis qu'y voulait se retrouver tout fin seul. Pour sûr, moi itou j'avais le besoin d'être seul. Pis de marcher, avec juste la mer au ras moi.

Une fois sur la dune, j'ai fait quelque chose que j'avais jamais fait avant. J'ai enlevé mes souliers pis mes bas, et j'ai marché nus pieds. De même, je sentais chaque grain de sable en dessous de mes pas. Pis tant qu'à faire, j'ai ouvert ma chemise pour sentir le vent itou par tous les endroits où il touchait ma peau. Avoir osé, j'en aurais encore enlevé. Mais j'ai bien beau être fou, marcher tout nu en plein cœur du jour sur le Havre-aux-Basques... je me serais fait arrêter par la police après pas long.

Le vent était doux. À chaque fois que j'avançais d'un pied, j'essayais de sentir les grains de sable qui s'enfonçait sous mon poids. J'ai remonté les bas de mes pantalons comme j'avais souvent vu faire les enfants, pis j'ai avancé un brin dans l'eau. L'eau était froide pis ça marchait moins bien que sur le sable dur plus haut où j'ai coutume de passer. J'enfonçais dans le sable mou et ça me forçait à marcher lentement. Je me sentais dans un drôle d'état, triste pour sûr, mais joyeux en même temps.

C'est vrai que j'étais triste. Mais par-dessus cette tristesse-là, y'avait autre chose itou. J'allais retrouver le silence pis la musique. Et j'allais pouvoir redevenir nonchalant... Quand il y a personne pour attendre après toi, c'est sûr, c'est un brin triste, mais t'es libre de faire tout ce qui te passe par la tête. Comme là, j'en ai pour un bout avant d'arriver chez nous, j'aurais jamais fait une marche longue de même avec du monde à la maison à m'attendre. Pis une fois de l'autre bord, je peux encore changer mon idée et me rendre sur La Grave à la place de chez nous, et personne y verra de différence. Surtout, il y a une affaire qui me rend content, par-dessus la liberté de faire ce qui me passe par la tête, et même par-dessus le silence et la musique, c'est le soulagement...

Tout le long que ma visite était là, il y avait une petite peur dans moi. Un bon coup qu'ils auraient pas aimé leur visite ? Et qu'ils auraient pas eu envie de revenir ? J'avais toujours une petite peur de faire une gaffe. Je sais que je suis pas pareil au restant du monde. Déjà, juste ma laideur peut en dégoûter plusieurs. Et je vis à part, dans mon coin. Pour sûr, Marie, c'était pas pour lui déplaire, je m'en suis rendu compte dès le début mais pareil, quand quelque chose est vraiment important, il y a une petite peur qui s'installe. Maintenant que c'est fini, plus rien peut arriver.

Je me sens soulagé... Je sais que Marie pis les enfants, ils aiment ma maison, les Îles, pis qu'y sont à l'aise avec moi. C'est comme si j'avais retrouvé ma sœur Julie. Parce que Marie, Mireille pis Léo, c'est des parties d'elle. C'est comme sa vie à elle qui continue. C'est dur à bien expliquer... Mais ce qui est sûr en tout cas, c'est que moi, j'avais plus de famille, pis maintenant, j'en ai une à moi !

Pis en plus, Marie, elle est en amour avec Pierre à Charles pis ça semble être du sérieux. Et Léo, il aime à venir à la pêche avec moi pis c'est du sérieux itou. En plus, une fois que les Îles ont réussi à s'attacher quelqu'un, la personne a plus le choix de revenir. Et moi, maintenant, j'ai l'assurance de les voir arriver une année sur l'autre. Je peux les attendre et préparer leur venue. Je peux fabriquer des rames pour Marie avec Pierre à Charles et passer l'hiver à tailler des petits animaux pour décorer la maison et faire plaisir aux enfants.

Il reste encore un bon deux semaines de spectacles sur La Grave avant la fermeture pour l'hiver pis après, je vais commencer à les attendre... Pour sûr, l'hiver va être long plus que de coutume. Jamais de ma vie j'ai eu à attendre après quelqu'un. Aux Îles, pour la plupart du monde, c'est le contraire. Rares sont les familles qu'ont pas une personne ou deux qui vivent à l'extérieur. Mais pour moi, c'est du nouveau, rapport que d'avoir de la famille, c'est du nouveau itou. Pis je sais bien qu'attendre après du monde, ça fait paraître le temps plus long. Mais moi, justement, ça me dit de m'ennuyer de quelqu'un.

Je me vois pendant les longues soirées d'hiver à sculpter des petits animaux en écoutant ma musique. Sans rien faire que de rêver à eux autres en ayant l'assurance que mes rêves vont se réaliser. Me semble... malgré les pluies de novembre qui durent souvent jusqu'à janvier, c'est pas un hiver trop dur qui s'annonce. Malgré la noirceur qui va être plus longue que le jour, moi, je vais mettre bien des couleurs dans ma maison pour attendre les enfants. Pis en février, quand le grand froid va être là, pis que les glaces vont être épaisses sur la baie, je vais sortir mon harpon. Et je vais pêcher des anguilles autant comme autant en pensant à régaler ma visite. En mars, le temps va commencer à adoucir mais la belle lumière des glaces va rester. Pis l'hiver va être derrière moi. Et déjà, le temps va se mettre à avancer plus vite. En avril, je vais avoir bien des occupations en préparation de la pêche. Pis tranquillement, mai pis juin arrivés, les cafés et les bars vont rouvrir un après l'autre. Pis un bon soir, je vais me rendre marcher sur La Grave et le Vieux Treuil sera ouvert, et la musique va être de retour.

Pierre à Charles va venir me voir souvent, il va venir écouter de la musique et voir la maison itou, pour se souvenir de ses amours. S'il y a moyen, je vais l'encourager à aller en visite en Corse. Pour voir son amoureuse certain, mais de même, Léo saura itou que les Îles, c'est du sérieux. Que les Îles, elles font partie de sa vie pour de bon. Même quand il va être devenu un homme, les Îles, mon doré, la Pointe-à-Marichite, la Baie pis le goulet, y seront encore là pour lui.

Je jonglais à tout ça en marchant sur les dunes, pis quasiment sans m'en rendre compte, j'ai filé jusqu'à La Grave.

Et j'ai entendu des notes qui sortaient du Vieux Treuil. Je me suis rapproché et j'ai regardé par la porte. Toute une surprise m'attendait... C'était la Jorane qu'accordait son violoncelle.

Grand merci également à un autre André, André Morin cette fois, des Éditions Trois-Pistoles. Rassurez-vous, aucun des deux André nommés ici n'a servi d'inspiration pour le personnage d'André à Arsène ! Je me sens aimée et en confiance aux Éditions Trois-Pistoles en compagnie d'André et de Victor-Lévy Beaulieu. Cela compte énormément...

| REMERCIEMENTS

Merci à ma grande amie Suzanne Lafontaine. Merci pour ta présence tout le long de l'écriture des nombreuses versions de ce roman. Merci pour ta rigueur et pour tes commentaires toujours apportés avec autant de finesse.

Merci à Vincent, Elsa et Stéphane qui ont lu et commenté le manuscrit. Ils m'ont permis de voir autrement.

Merci à Daniel Deluy et à Frédéric Perry de Marseille. Ils ont été mes guides lors de mon séjour inoubliable dans leur ville. Merci pour la découverte du café Chez Jeannot, pour la moto, les poissons délicieux et la baignade dans les Calanques.

L'histoire du cheval de l'Île d'Entrée décrite dans ces pages est fortement inspirée de la version racontée par André Vigneau, un conteur et un ami des Îles-de-la-Madeleine qui habite d'ailleurs la Pointe-à-Marichite. Lui même s'est inspiré de Peter Cummings qui raconte l'histoire dans son livre pour la jeunesse *A Horse Called Farmer*. C'est une histoire bien connue aux Îles et il en existe de nombreuses versions. André y a mis du sien en ajoutant au récit les parties de poker à Havre-Aubert auxquelles des gens de l'Île d'Entrée s'adonnaient durant l'hiver. Grand merci à toi, André.

TABLE

CET OUVRAGE,
COMPOSÉ EN GARAMOND PREMIUM PRO 13,
A ÉTÉ ACHEVÉ D'IMPRIMER À MONTMAGNY
SUR LES PRESSES DE MARQUIS IMPRIMEUR
EN FÉVRIER DEUX MILLE QUATORZE.